LE COMTE SANS HÉRITIER

DARCY BURKE

ZEALOUS QUILL PRESS

LE COMTE SANS HÉRITIER

Pendant les deux années qui ont suivi le décès de son mari bien-aimé, Eugenia, duchesse douairière de Kendal, s'est isolée pour le pleurer. Sa cousine organise une partie de campagne et l'a persuadée d'y assister ; c'est l'occasion parfaite pour sortir de son deuil. Genie est impatiente de revoir de vieux amis mais elle est choquée d'apprendre le véritable but de cette réunion : permettre à des veuves et des hommes veufs ou célibataires de se rencontrer.

Autrefois épris de la jeune Eugenia Aldwick, Edmund Holt, comte de Satterfield, est ravi de revoir Genie à cette partie de campagne. Une attraction mutuelle naît immédiatement entre eux, bien qu'il ait besoin d'une épouse qui puisse lui donner un héritier et qu'elle n'en soit pas capable. Genie adorerait aussi élever d'autres enfants après avoir perdu sa fille plusieurs années auparavant.

Pourront-ils saisir cette seconde chance d'aimer ou laisse-ront-ils les exigences de son titre et les désirs de son cœur de mère les séparer?

Le Comte sans héritier

Ceci est une œuvre de fiction. Les noms, les personnages, les lieux et les événements sont les produits de l'imagination de l'auteur ou sont employés fictivement. Toute ressemblance avec des événements réels, lieux, ou personnes vivantes ou mortes, est purement fortuite.

Conception du livre : © Darcy Burke.
Conception de la couverture : © Elizabeth Mackey.
Image de couverture : © Period Images.
Révision : Linda Ingmanson.
Traduction : Well Read Translations

CHAPITRE 1

Octobre 1803

S i le ciel s'était considérablement assombri à mesure qu'ils s'approchaient de Blickton, il ne le devait pas à la nuit tombante. Une grosse goutte de pluie heurta la fenêtre du carrosse d'Eugenia St John alors qu'ils remontaient l'allée vers le manoir. Le vent secouait les arbres habillés d'or et d'orange. Combien de feuilles sur les branches resterait-il demain, se demanda Genie.

Quel dommage, elle adorait les magnifiques couleurs de l'automne. Comme son cher mari. La douleur familière dans sa poitrine avait diminué au cours des deux années écoulées depuis son décès, mais elle était toujours présente. Elle se demandait si cela disparaîtrait un jour. Maintenant au moins, elle souriait quand elle pensait à lui, et les larmes qu'elle versait étaient davantage dues à de précieux souvenirs qu'au chagrin.

La maison apparut enfin, sa structure palladienne en

pierre pâle se découpant sur le ciel qui s'assombrissait. Construite moins de cent ans auparavant, Blickton n'était pas aussi imposante que Lakemoor, mais peu de propriétés l'étaient. Son mari, le duc de Kendal, avait conservé le domaine de Lakemoor en excellent état, et son fils et héritier poursuivait cette mission, comme Genie pouvait le constater depuis son petit manoir de douairière.

Le carrosse s'arrêta devant la porte, et un valet de pied se précipita avec un parapluie. La pluie se mit à redoubler d'intensité quand Genie sortit du carrosse et s'engouffra dans l'entrée, sa femme de chambre derrière elle.

— Bienvenue, Votre Grâce, l'accueillit le majordome. Les invités sont rassemblés dans le salon.

Genie aurait bien demandé à se rendre d'abord dans sa chambre pour retirer son costume de voyage ; mais l'hôtesse, sa cousine Lady Cosford, fit irruption dans le gigantesque hall d'entrée, ses chaussures claquant sur le sol marbré.

— Genie, enfin tu es là ! Viens rencontrer le reste des invités. Tu pourras te retirer après une rapide présentation, je te le promets.

Cecilia arborait un large sourire, et ses yeux brun ambré pétillaient. Elle était toujours pleine d'entrain, ce qui avait beaucoup aidé Genie à la mort de son mari.

Son soutien et sa présence étaient d'ailleurs les causes de la venue de Genie à sa petite fête. Cette sortie marquerait son retour à la vie mondaine après la mort de Jérôme.

Genie se força à sourire.

— Bien sûr.

Elle retira son chapeau et ses gants qu'elle donna à sa femme de chambre.

Cecilia lui prit le bras et la fit traverser plusieurs pièces, jusqu'au grand salon qui donnait sur le vaste parc de Blickton.

— Mes amis, veuillez accueillir la duchesse douairière de Kendal !

Douairière. Genie frémit intérieurement à ce titre. Elle n'aurait jamais pensé être veuve à quarante-deux ans.

En examinant l'assemblée, elle ne reconnut que quelques visages. Elle estima qu'il y avait une vingtaine de personnes, et à première vue, autant d'hommes que de femmes.

— Bienvenue, Genie !

Une des personnes que Genie connaissait s'avança, tout sourire, ses yeux bleu pâle brillants de plaisir. Lady Bradford, veuve elle aussi, avait été une bonne amie.

Avait été. Parce que Genie s'était isolée dans sa maison douairière à Lakemoor ces deux dernières années.

Genie sourit chaleureusement, sincèrement heureuse de voir Laetitia.

— Ça me fait tellement plaisir de te voir, Lettie.

— À moi aussi.

Elle se rapprocha et baissa la voix pour que seule Genie puisse l'entendre.

— J'avais peur que tu ne viennes pas.

— Il s'en est fallu de peu, murmura Genie, elle-même surprise de cette confession.

— Maintenant que tout le monde est là, dit Cecilia, faisons les présentations. Nous allons faire le tour de la pièce, et quand c'est à vous, donnez votre nom et dites quelque chose à propos de vous.

— Que devrions-nous dire ? demanda un gentilhomme en levant un sourcil.

Cecilia haussa une épaule.

— Ce que vous voudrez. Mais vous pourrez peut-être nous épargner les banalités, telles que le nombre d'enfants que vous avez ou ce que vous avez mangé au petit-déjeuner. Je vais commencer. Je suis Lady Cosford, votre hôtesse, et je dors la fenêtre ouverte toute l'année.

— Même un jour comme aujourd'hui ? demanda une dame à l'autre bout de la salle.

— *Particulièrement* un jour comme aujourd'hui. J'adore l'odeur de la pluie.

Cecilia se tourna vers le gentilhomme à sa gauche.

- À votre tour, Mr. Sterling.

Comme Genie se trouvait à la droite de Cecilia, elle passerait donc en dernier. D'après ses calculs, cela allait prendre un temps infini. Genie expira doucement.

Légèrement plus grand que la moyenne, Mr. Sterling présentait un sourire charmant, et ses yeux un peu plissés et d'un bleu sombre lui donnaient un air jovial.

— Je ne devrais donc pas commencer par vanter les mérites et les défauts de mes quatre enfants.

Ces paroles provoquèrent des rires et des « non ! » sonores de la part de quelques messieurs, suivis d'autres rires.

— Très bien alors, dit Mr. Sterling en étouffant son propre petit rire. J'ai une serre de fleurs exotiques.

— Oh, comme c'est charmant, dit la femme à sa gauche.

Ce fut ensuite à son tour, et le jeu – car c'est bien de cela qu'il s'agissait apparemment – continua autour de la salle. Quelque part vers le milieu du cercle, Genie commença à perdre le fil, son cerveau et son corps ayant été fatigués par le trajet. Qu'y avait-il de si épuisant à voyager? Elle n'avait pourtant fait que rester dans le véhicule.

Le coup de coude de Cecilia sortit Genie de sa rêverie.

— Pouvez-vous répéter, Lord Satterfield ? dit-elle en battant des cils.

— J'ai dit que ma couleur préférée était le violet.

Cecilia lança à Genie un regard en coin qui voulait claire-ment dire quelque chose. Ensuite, elle pinça les lèvres et son regard se porta sur le costume de voyage de Genie qui était... violet.

Et alors ? Genie parcourut rapidement la salle du regard et se rendit compte qu'elle était la seule vêtue de cette couleur. Et depuis l'opposé de la pièce, Lord Satterfield – était-ce bien son nom ? – la regardait fixement. Une sensation de chaleur naquit dans la poitrine de Genie et se répandit dans son corps, réchauffant son sang et faisant rosir sa peau. Ce n'était pas simplement qu'il la dévisageait, c'était la manière dont il le faisait. Il avait des yeux saisissants, sombres comme du café noir, bordés de cils presque féminins mais qui lui seyaient à la perfection. Il la regardait comme s'il ne pouvait pas s'en empêcher.

Finalement, il se détourna et le jeu continua. Genie s'aperçut alors qu'elle avait retenu son souffle, et le relâcha. Elle passa les minutes suivantes à réfléchir à cette soudaine bouffée de chaleur. Elle couvait peut-être quelque chose.

Enfin, ce serait bientôt son tour. Elle n'avait aucune idée de quoi dire. Pourquoi n'avait-elle pas préparé une réplique spirituelle ou ou moins intéressante ? Sans doute parce qu'elle était la personne la moins intéressante qu'elle connaisse. Ou du moins, c'était ce qu'elle semblait être devenue.

Cecilia lui lança un regard d'encouragement.

— C'est à toi, lui murmura-t-elle.

— Je suis...

Genie s'éclaircit la gorge.

— Je suis la duchesse douairière de Kendal, comme Cec... Lady Cosford vous l'a déjà dit. C'est ma première soirée depuis un certain temps. Et, euh... j'aime danser.

Tellement ennuyeux et prévisible.

— Excellent, car nous allons beaucoup danser ! dit Cecilia en tapant des mains. Parfait, maintenant nous nous connaissons tous. Nous allons nous séparer pour que ceux qui le désirent puissent aller se reposer avant le souper. Nous nous retrouverons ici à six heures et demie, et nous passerons à la salle à manger à sept heures. Après le repas, nous jouerons aux cartes et danserons. Pour demain, nous avons prévu quelques divertissements, comme un pique-nique et une promenade jusqu'à la rivière Swift.

Elle lança un regard en direction de la porte et fronça les sourcils.

— Je me demande bien où est parti Cosford.

Puis avec un grand sourire :

— Il sera là bientôt, je suppose. Si vous ne vous êtes pas encore rendu à votre chambre, un valet va vous y accompagner. Et voici quelques rafraîchissements !

Plusieurs valets de pied entrèrent en apportant des plateaux de nourriture et de boisson, ce qui fit grogner l'estomac de Genie, et elle pria pour que personne ne l'entende. Apparemment, sa faim dépassait largement sa fatigue.

Les mets – sandwichs, biscuits et gâteaux – furent déposés sur une table dans un angle de la pièce, tandis que les boissons prirent place sur une autre table, dans un autre coin. Genie se dirigea droit vers les plats, mais fut immédiatement interceptée par le premier gentilhomme à s'être présenté, Mr. Sterling.

— C'est aussi ma première sortie depuis quelque temps, dit-il avec un demi-sourire. Je termine tout juste mon deuil.

— Oh, je suis désolée.

Genie réalisa qu'il n'y avait pas de Mrs. Sterling. Elle n'avait entendu personne se présenter sous ce nom, du moins. Bien sûr elle avait eu un moment d'absence, mais elle avait quand même saisi bien des noms. Et son épouse aurait dû être à ses côtés, non ?

Mais *il n'y a pas d'épouse.*

Elle repensa au jeu. Y avait-il *une* épouse ? Mieux, y avait-il un seul couple marié ? En dehors de leurs hôtes, bien sûr. Non, pas qu'elle sache. Étonnant.

— Je sais que vous comprenez, lui dit Mr. Sterling. C'est

difficile de continuer à avancer quand on a perdu son conjoint. Surtout avec des enfants. Avez-vous des enfants ?

Cette question provoquait toujours une vive douleur. Genie avait depuis longtemps appris à l'ignorer, à l'enfouir, et aussi à s'y complaire de temps en temps. Mais ce n'était pas le moment.

— Il n'y a que mon beau-fils, mais il a vingt-quatre ans et il vit sa propre vie.

Le plus souvent. Il l'autorisait encore à le materner et elle lui en était reconnaissante. La mort de son père l'avait touché peut-être encore plus que Genie. Il avait passé les deux dernières années à prouver qu'il pouvait être un aussi bon duc que son père.

— Bien. J'aime bien danser aussi. Avec un peu de chance, je suis toujours aussi agile que dans ma jeunesse.

Sterling gloussa. Il avait l'air d'être à peu près du même âge que Genie, avec quelques mèches grises dans sa chevelure sombre. Il était attirant dans un genre distingué et mûr. Qu'est-ce que ça voulait dire ? Cela signifiait qu'elle n'avait trouvé personne attirant depuis sa rencontre avec Jérôme, vingt ans auparavant.

— J'espère que vous me garderez une danse ce soir ?

— Certainement.

L'estomac de Genie émit un nouveau gargouillis, à sa grande horreur.

Sterling gloussa à nouveau.

— Nous dirigerons-nous vers les rafraîchissements ?

— Oui, s'il vous plaît.

Genie s'avança vers la table et, du coin de l'œil, surprit le regard de Lord Satterfield posé sur elle.

Lui, *tu le trouves séduisant*.

Oui, d'accord. Donc, elle n'avait été attirée par personne depuis Jérôme, *à l'exception* de Lord Satterfield.

Une vague de chaleur l'envahit à nouveau alors qu'elle

disposait quelques mets sur une assiette. Comme elle cherchait un endroit sûr pour manger, son regard se posa sur un petit groupe de sièges, heureusement vides, de l'autre côté de la pièce.

Genie s'y dirigea avec assurance, désireuse de satisfaire sa faim avant de se rendre à sa chambre pour s'armer de courage pour affronter la soirée à venir. S'armer de courage ? Partait-elle en guerre ?

Elle était ridicule. Ce n'était qu'une innocente soirée, une transition douce entre son deuil et un retour à la vie. Mais quelle vie exactement ?

Elle atteignit les sièges, s'écroula sur une chaise et mordit dans un petit sandwich. Le jambon était délicieusement fumé. Elle ferma les yeux avec délice.

— Ce sandwich est-il bon ?

La voix masculine la fit pratiquement s'étouffer. Tout en avalant, elle ouvrit puis leva les yeux.

Lord Satterfield s'assit à côté d'elle. Ses yeux sombres la parcoururent avec appréciation. Il était large d'épaules et bien fait, avec un visage racé marqué d'une petite fente au menton et des pommettes si anguleuses qu'on les aurait dit sculptées. Ses cheveux sombres commençaient à se clairsemer, dévoilant un large front masculin. Son manque de cheveux ne gâchait en rien son beau physique.

Il tenait un verre de quelque chose, du brandy peut-être, et le porta à ses lèvres pour en boire une gorgée. Genie fixait sa bouche quand elle s'aperçut, à sa grande horreur, qu'elle le dévisageait. Ramenant son regard sur son assiette, elle termina son sandwich au jambon.

— Mon brandy est délicieux, dit-il, soulignant sans doute le fait qu'elle n'avait pas répondu à sa question, puisqu'elle était trop occupée à le dévisager.

Genie prit un autre sandwich.

— Le jambon est assez bon. Vous devriez y goûter.

C'était une tentative à peine voilée de le faire partir. Pourquoi voulait-elle à ce point qu'il parte ? L'idée de venir à cette fête n'était-elle pas de renouer des liens sociaux ?

Après une profonde inspiration, Genie se força à sourire. Puis elle prit une bouchée de son nouveau sandwich. Celui-là était à la volaille, du faisan d'après elle. Il n'était pas aussi bon que le jambon.

— Je n'ai pas vraiment faim, dit Satterfield. En revanche, j'ai soif.

Ses yeux pétillaient de malice quand il but une autre gorgée.

— J'essaie de me souvenir si nous nous sommes déjà rencontrés. Je connaissais votre mari, bien sûr. Nous avons travaillé ensemble à la Chambre des Lords.

— Vraiment ? Kendal était assez progressiste. L'êtes-vous aussi ?

— Oui, je le suis. J'en suis parfois impopulaire, mais peu m'importe. Kendal était pareil.

C'était étrange de discuter de feu son mari en l'appelant « Kendal », en partie car c'était désormais le nom de son beau-fils. Dans son esprit, Titus était toujours « Ravenglass », son titre de courtoisie, mais pour tous les autres, il était duc désormais. Le mari de Genie avait disparu, et avec lui, leur temps ensemble en tant que duc et duchesse.

— Est-ce difficile ? lui demanda-t-il doucement.

— Non.

Cela ne devrait pas. Il s'était écoulé assez de temps.

— C'est agréable de parler de lui, surtout avec quelqu'un qui l'a connu.

— Je l'admirais vraiment beaucoup. Il m'avait pris sous son aile quand j'ai débuté à la Chambre, il y a plus ou moins quinze ans.

— Cela ne me surprend pas. Je l'appelais souvent Le Berger, lui qui aimait guider quiconque le souhaitait.

Genie n'eut pas besoin de forcer le sourire qui lui vint aux lèvres cette fois.

Satterfield sourit avec elle.

— Quel excellent surnom, j'aurais aimé pouvoir l'utiliser.

Pour la première fois depuis son arrivée, Genie commença à se détendre. C'était peut-être exactement ce dont elle avait besoin.

Satterfield l'étudia un moment.

— J'ai été surpris de vous voir ici, Duchesse.

Quelque chose dans sa voix la fit se redresser, les sens en éveil.

— Pourquoi cela ?

— J'avais entendu dire que vous étiez encore en grand deuil et que vous éviteriez une troisième Saison ce printemps.

Bien sûr, il courait des rumeurs sur elle. Londres vivait de ragots.

— Eh bien, ceci n'est pas encore la Saison, dit-elle un peu sur la défensive. J'ai pensé que c'était une bonne occasion pour me remettre en selle.

Quand Satterfield plissa le front, la conscience de Genie s'éveilla un peu plus. Mais avant qu'elle puisse s'interroger davantage, Lord Cosford pénétra dans le salon.

— Je suis si content que vous soyez tous là ! Veuillez excuser mon retard.

Il regarda l'assemblée et son regard se fixa amoureusement sur Lady Cosford. Après un instant, il reprit la parole :

— Comme je le disais, je suis si heureux que vous soyez tous là, car si vous n'étiez pas arrivés, vous n'auriez pas pu venir, j'en ai bien peur. La pluie a détrempé la route, et vu ce qu'il tombe, cela pourrait durer plusieurs jours. C'est une bonne chose que vous ayez tous prévu de rester ici une semaine ! s'esclaffa-t-il. En fait, vous pourriez rester plus longtemps, et j'ose dire que cela vous serait égal.

Son clin d'œil provoqua le rire de presque tout le monde. Presque, car Genie n'en voyait pas l'humour.

— Inutile de dire, continua Lord Cosford, que nous allons devoir modifier nos activités.

Il regarda son épouse une fois encore.

— Je sais que ma chère épouse a un plan de rechange ; nous pourrons tous nous amuser. Maintenant, il est temps que je me serve un brandy.

Il se tourna vers le valet le plus proche, puis s'arrêta.

— J'ai failli oublier. Si vous n'avez pas encore eu votre plan, levez la main et Vernon vous l'apportera.

Genie avala le reste de son second sandwich, puis regarda Satterfield.

— Quel plan ? Si nous ne pouvons pas sortir, quel besoin avons-nous d'un plan ?

Le comte pencha la tête en la regardant d'un air… dubitatif. À nouveau, Genie eut cette drôle de sensation. Et elle commençait à s'apercevoir que quelque chose lui échappait.

Satterfield leva la main, et un instant plus tard, le majordome lui remit un parchemin plié.

— J'en ai déjà un, dit-il à Genie. Celui-ci est pour vous. Toutefois, il me semble que vous ne savez pas de quoi il s'agit.

Il grimaça légèrement.

— Lady Cosford ne vous a pas expliqué le but de cette réunion ?

Le but ? Quel but une petite sauterie pouvait-elle bien avoir, en dehors de s'amuser et de socialiser ? Genie prit le plan et ouvrit le parchemin.

— Est-ce la maison ?

Elle jeta un coup d'œil au comte.

— L'étage, plus précisément.

Elle avait remarqué. Dans chaque chambre était noté le nom ou les initiales d'un convive. Elle trouva le sien – du moins, elle devina que DDK, signifiait Duchesse Douairière de Kendal. Pourquoi diable leur aurait-on donné un plan des chambres de tout le monde ? À moins que... Non, c'était trop scandaleux.

Genie examina à nouveau les personnes présentes. Pas une épouse. Pas un mari. Pas un couple, à part leurs hôtes. En fait, Genie était sûre que chaque femme présente était veuve. Quelle espèce de fête était-ce là ?

Après s'être relevée si vite qu'elle en renversa son assiette, Genie sentit le rouge lui monter aux joues. Avant qu'elle ne puisse s'accroupir pour ramasser les biscuits qui avaient roulé au sol, en même temps que l'assiette, Lord Satterfield le fit pour elle.

En se redressant, il se rapprocha d'elle, ne laissant aucun espace entre eux. Cette proximité l'effraya et l'excita à parts égales. Elle n'avait pas été aussi près d'un homme depuis longtemps. Elle n'avait *jamais* été aussi près d'un autre homme que son mari.

— Je suis navré que vous n'ayez pas été prévenue. Mais je suis heureux que vous soyez là, dit-il doucement.

Genie ne pouvait pas bouger. Son cœur battait si vite, elle se demanda s'il pouvait l'entendre. Il se détourna et emporta ses biscuits et son assiette. Très bien, de toute façon, elle n'avait plus aucun appétit.

Elle localisa Cecilia a l'autre bout de la pièce, debout avec son mari, et se dirigea vers eux précipitamment.

— Cecilia, j'aimerais te parler, s'il te plaît.

Genie tenta de garder un ton aimable. Cecilia se tourna vers elle en souriant.

— Bien sûr.

— Bienvenue à Blickton, Duchesse, lui souhaita un Lord Cosford plein d'entrain. Nous sommes si heureux que vous soyez venue.

Genie plissa légèrement les yeux avant de reporter son

attention sur Cecilia.

— En privé, s'il te plaît ?

L'inquiétude traversa le regard de Cecilia.

— Certainement.

Elle sortit du salon avec Genie. Quand elles furent à bonne distance de la porte, elle s'arrêta et se retourna.

— Quelque chose ne va pas ?

Le plan en mains, Genie luttait pour garder son calme.

— Qu'est-ce que c'est ?

Non, ce n'était pas la bonne question. Elle savait ce que c'était. Ce qu'elle ne savait pas, c'était *pourquoi*.

— Quel est le but de ce séjour ?

Les joues de Cecilia rosirent, confirmant les doutes de Genie.

— Ma chérie, tu as l'air bouleversé. J'aurais dû t'avertir, mais j'avais peur que tu ne viennes pas.

Cecilia avait tout à fait raison, elle ne serait pas venue.

— Tout le monde ici est célibataire.

— Oui. Nous souhaitions donner à ceux qui ne sont plus mariés et qui souhaitent peut-être se remarier, l'occasion de faire des rencontres et d'établir des liens.

— Quel genre de rencontres ?

Elle jeta un œil sur le papier qu'elle tenait.

— *Vous avez donné un plan des chambres de tout un chacun.*

Le rouge sur le visage de Cecilia s'intensifia.

— Oui, c'est ce que nous avons fait. Il peut s'agir de rencontres plus… intimes si ces personnes le désirent.

Genie la fixa un moment, ébahie.

— C'est fou.

— Mais non, vraiment. Lady Greville a organisé ce genre de réunion il y a deux ans, et a remporté un immense succès.

Cecilia la regarda avec un petit sourire, ses yeux emplis de compassion.

— En fait, je l'ai organisée en pensant précisément à toi.

— Tu ne peux pas croire que je souhaite me remarier... ou quoi que ce soit d'autre.

— Pourquoi pas ?

Cecilia fronça ses sourcils auburn.

— Tu es jeune, belle et intelligente. Il n'y a pas de raison que tu restes seule.

— Aucune raison en effet, si ce n'est que c'est ma décision. Je pars.

Dès que les mots quittèrent sa bouche, elle se rendit compte que c'était impossible.

— Tu ne peux pas. La route....

— Est impraticable.

Genie serra les dents.

— J'ai l'impression que tu m'as piégée.

Cecilia voulut prendre sa main, mais Genie recula.

— Je suis désolée. Je ne voulais pas. Je pensais vraiment que tu accepterais. Tu as toujours été la plus aimable, la plus sociable des femmes.

— Cela ne signifie pas que je souhaite me remarier. Ou avoir une aventure. Je suis venue pour une villégiature, pas pour... ça.

— Excuse-moi.

Le visage de Cecilia se décomposa et elle se tordit les mains.

— Cela peut rester pour toi un simple séjour avec des amis.

Genie n'était pas sûre d'y croire. Elle faillit répondre, mais ne trouvant vraiment rien à dire, elle tourna simplement les talons et s'en fut. Avec un peu de chance, ce plan délirant lui permettrait de trouver sa chambre.

— Je te verrai au souper ! lui lança Cecilia d'un ton plein d'espoir.

Genie ne répondit toujours pas. Parce qu'elle ne savait pas ce qu'elle allait faire.

CHAPITRE 2

*E*dmund Holt, comte de Satterfield, sirotait son porto dans la salle à manger au son des conversations masculines. Il avait passé le souper en face de la duchesse douairière de Kendal, ou, d'après ses souvenirs de jeunesse, Miss Aldwick. Il se souvenait d'elle, fille d'un vicomte et cadette de cinq sœurs, à l'un de ses premiers bals quand il avait vingt ans.

Grande, avec une grâce et une élégance inattendues pour son jeune âge, elle était dotée d'yeux gris perçants brillant d'intelligence. Elle avait immédiatement capté l'attention d'Edmund. Mais il était sur le point de partir pour son Grand Tour et n'avait pas d'envie de se marier, alors qu'elle était sur le Marché du Mariage, avec quelques années de retard à cause du décès de ses parents. Elle avait deux ans de plus que lui, ce qui ne le dérangeait pas plus maintenant qu'à l'époque.

Elle avait un rire merveilleux, et un sourire à illuminer une salle de bal. Edmund n'avait pas eu assez de courage pour l'inviter à danser. Elle était si populaire qu'il avait aussi présumé que toutes ses danses étaient réservées. Pendant les semaines qui avaient précédé son départ, il l'avait observée de loin, alors qu'elle faisait son choix parmi les gentils-hommes présents cette Saison. Elle semblait avoir choisi le marquis de Ravenglass quand son père, le duc de Kendal, mourut dans un accident, ce qui rendit le couple peu probable. Pourtant, l'hiver suivant, Edmund entendit dire qu'elle avait épousé le nouveau duc. Cela avait été considéré comme un mariage d'amour, Miss Aldwick laissant à Kendal le temps de pleurer son père et de s'installer dans son rôle de duc.

Qu'il se souvienne de tout cela ne surprit pas Edmund, car il avait assez pensé à elle au fil des ans. Et si on lui avait demandé s'il savait qu'elle était veuve depuis deux ans, il aurait répondu oui. Il l'avait appris, et quelque chose s'était réveillé en lui. Parce qu'il ne s'était jamais marié. Au cours des vingt dernières années, aucune femme ne l'avait intéressé comme Miss Aldwick.

Son devoir était de se marier, il devait avoir un héritier pour perpétuer son titre. Il le savait, mais il n'en avait rien fait. D'après sa mère, il n'était rien d'autre qu'un romantique.

Elle n'avait pas tort.

Ce n'était pas trop tard pour se marier et avoir des enfants. D'ailleurs, c'était pour cela qu'il participait à cette réunion. Parce qu'il était temps et qu'il s'y était résigné. Mais il n'aurait jamais pensé trouver Miss Aldwick – la duchesse douairière – ici. Et subitement, sa résignation s'était muée en bonne fortune. Même si elle n'avait pas eu conscience que leurs hôtes jouaient les entremetteurs et, plus important encore, qu'elle avait été horrifiée par cette découverte.

Vous êtes affreusement silencieux, dit Cosford en s'asseyant à côté de lui.

Edmund n'avait même pas vu son hôte se lever de table.

— J'envisage simplement les prochains jours et comment vous allez réussir à tous nous occuper à l'intérieur avec ce temps.

— J'espère que ça va s'éclaircir, mais en cas contraire, soyez assuré que mon épouse organisera suffisamment d'activités pour tous.

Il rit doucement.

— Elle considèrerait sa réunion comme un fiasco total si elle n'y arrivait pas. En fait, elle déclarera que c'est un échec si aucun couple ne se forme.

Il secoua la tête.

— Je n'arrête pas de lui dire que c'est improbable, mais elle affirme que cela arrivera.

— Je dois me ranger du côté de votre épouse, dit Edmund avant de boire une autre gorgée de son porto.

Il reposa le verre sur la table, gardant le pied entre ses doigts.

— Lady Cosford semble avoir choisi un groupe de personnes cherchant le mariage ou une autre forme de... connexion. Il est certain qu'au moins un couple se formera, qu'il soit temporaire ou permanent.

— Attention, ou je vais finir par penser que vous êtes aussi romantique que mon épouse !

Cosford rit mais se calma rapidement. Il baissa la voix.

— Je ne suis pas sûr que tout le monde ici cherche un partenaire. Il semblerait que la duchesse douairière n'ait pas apprécié d'apprendre la nature de notre sauterie.

— Pourquoi ne le savait-elle pas dès le départ ?

N'avait-elle pas reçu la même invitation qu'Edmund ? Peut-être pas.

Cosford avala une goulée de porto.

— Cecilia pensait qu'elle ne viendrait pas si elle savait, et elle dit aussi que, de toutes les personnes présentes, c'est elle qui en a le plus besoin. La douairière a vécu en ermite depuis la mort du duc, et Cecilia s'inquiète pour sa cousine.

— Malgré tout, si elle n'était pas prête, lui avoir caché la vérité semble inconsidéré.

Edmund se moquait d'avoir insulté son hôte. La détresse de la duchesse douairière était beaucoup plus préoccupante.

— Je ne peux pas vous contredire, mais je m'implique peu dans les complots de mon épouse, surtout quand il s'agit de sa famille. Elle n'en fera qu'à sa guise, quoique j'en dise.

Il haussa une épaule.

— Et je ne peux pas dire non plus que cela m'ennuie. À l'inverse de la majorité de notre sexe, je préfère une femme qui sait ce qu'elle veut et qui le fait.

Il y avait une lueur de fierté dans les yeux de Cosford qui donna à Edmund l'envie d'un mariage heureux. Qui sait ; certes il devait se marier, mais peut-être était-il prêt aussi ?

Edmund avait hâte de revoir la duchesse. Ses attentes grandissaient en lui, alors que ces messieurs prenaient le temps de déguster leur porto. Il ferait preuve de prudence avec elle. Si elle était encore au salon. Elle était descendue juste avant qu'ils ne se mettent à table, si tardivement qu'il avait craint qu'elle ne vienne pas.

Et puis elle était apparue dans une splendide robe du soir lavande, le tissu éthéré créant une courte traîne derrière elle. Sa chevelure sombre et brillante était relevée et maintenue par un large ruban lavande, laissant échapper quelques boucles délicates qui caressaient ses tempes et ses joues. Elle était plus que jolie, et Edmund n'avait pu empêcher son regard de la chercher tout au long du repas. Comme elle était assise juste en face de lui, la tâche avait été aisée. Cela avait rendu toute conversation impossible, mais il avait pu la regarder tout son soûl.

— Rejoindrons-nous ces dames au salon ? demanda Cosford en se levant.

Edmund se retint de courir à la porte. Malgré cela, il fut le deuxième gentilhomme à quitter la salle à manger et le premier à entrer au salon.

Il n'eut pas à chercher la duchesse car elle se tenait près

de la porte, semblant prête à partir. Dieu merci, elle était encore là, se dit Edmund. Il ne perdit pas un instant pour aller lui parler.

— J'espère que vous ne songiez pas à vous retirer, lui dit-il gentiment.

— J'allais le faire. Cette journée de voyage a été longue.

— Certainement. Aurais-je l'audace de vous demander de changer d'avis ? J'avais espéré que nous danserions. Je me souviens que vous êtes une excellente danseuse.

Ses magnifiques yeux gris étincelèrent de surprise et ses sourcils blonds se rapprochèrent en formant un léger *V*.

— Avons-nous déjà dansé ensemble ?

— Malheureusement, jamais, répondit-il alors que le dernier gentilhomme entrait dans le salon.

Elle plissa rapidement ses yeux.

— Comment savez-vous, alors, que je suis une bonne danseuse ?

— Vous étiez la coqueluche de votre première Saison. Comme j'étais un jeune loup, j'avais connaissance de toutes les dames à marier.

Rien n'était moins vrai, il n'avait fait attention qu'à elle.

Une légère rougeur lui monta aux joues, et elle détourna le regard.

— C'était il y a longtemps. Je suis surprise que vous vous en souveniez.

— Voulez-vous bien rester pour danser ? demanda-il. Je comprends bien que cette fête ne soit pas du tout ce que vous attendiez, mais vous aimeriez sans doute danser.

— Je ne sais pas.

Tout dans son ton et sa posture, en particulier l'affaissement de ses épaules, proclamait son indécision.

— Je ne suis pas venue pour faire une rencontre.

— Et même si c'était le cas, qui vous dit que vous trouveriez satisfaction ?

Il sourit.

— Ce que je veux dire, c'est qu'il n'y a ni obligation, ni garantie. Si vous souhaitez seulement danser, et bien dansez.

— Vous ne croyez pas que l'on pourrait s'attendre à… ?

Elle ne dit pas à quoi, mais Edmund le devinait.

— Si quelqu'un vous fait une proposition – qu'importe sa nature – vous n'avez qu'à répondre honnêtement que vous n'êtes pas intéressée. Si cette personne insiste, j'espère que vous m'avertirez pour que j'y mette fin.

Elle leva un sourcil.

— Vous proposez de me protéger d'avances indésirables ?

— Oui. Au besoin, je serais honoré de vous apporter mon aide.

Un sourire effleura ses lèvres, et le cœur d'Edmund s'arrêta un instant.

— C'est déjà assez scandaleux en soi. Cela dit, toute cette réunion est incroyablement scandaleuse.

Edmund se racla la gorge. Il trouvait la Société et ses règles si fatigantes.

— Cela ne devrait pas. Chacun ici est un adulte en pleine capacité de prendre ses propres décisions. Il n'y a ici aucune vieille fille, qui aurait à craindre pour sa réputation.

— En revanche, il y a des messieurs qui ne sont jamais mariés, répondit-elle, sardonique. Qui va se préoccuper de *leur* réputation ?

Elle leva les yeux au ciel.

Edmund rit.

— J'en suis un. Je devrais peut-être m'en remettre à vous pour me protéger.

— Que devrais-je faire, leur tourner le dos ? Leur faire honte ?

Elle secoua la tête.

— Vous pourriez avoir des rendez-vous secrets avec chaque femme de cette maison, et personne ne s'en soucierait. Enfin, elles peut-être, mais votre réputation n'en souffrirait pas. Vous y gagneriez sans doute en notoriété.

Il grimaça.

— Ce n'est pas équitable du tout, n'est-ce pas ?

— Non.

— Ce qui donne tout son attrait à cette petite sauterie, n'est-ce pas ? demanda-t-il tout bas.

Il jeta un regard aux hommes et aux femmes rassemblés dans la pièce.

— Aucune réputation n'est en jeu.

— Facile à dire pour vous. Une femme doit toujours rester sur ses gardes, même quand on attend d'elle qu'elle se conduise mal.

Il se redressa en sourcillant.

— Est-ce là mal se conduire ? Je ne le vois pas ainsi.

— Sachant que mon mari fut votre mentor, je suppose que vos pensées sont plutôt novatrices ; mais vous êtes une exception pour votre sexe, ne croyez-vous pas ?

Elle le fixa avec attention et, une fois de plus, il fut saisi par la beauté et la profondeur de son regard.

Malheureusement, il le croyait.

— Je pense que la plupart, si ce n'est tous les gentilshommes présents ont les mêmes pensées novatrices.

— J'ose l'espérer. Sinon, nos réputations – celles des femmes, bien entendu – sont en danger.

C'était regrettable, mais elle avait raison.

— Je danserai avec vous, murmura-t-elle.

Le sang d'Edmund ne fit qu'un tour et il ramena son regard sur elle.

— J'en suis honoré.

— Votre attention, s'il vous plaît, appela Lord Cosford. Lady Cosford a une annonce à vous faire.

Il désigna son épouse, qui se tenait à ses côtés.

Lady Cosford lui sourit en remerciement et s'adressa ensuite à l'assemblée.

— Avant de commencer à danser, je voulais vous avertir que demain, après le petit-déjeuner, nous ferons une représentation. Si vous avez un talent particulier que vous souhaitez exhiber, venez me voir ce soir. Je suis navrée que le temps nous cantonne à l'intérieur, mais cela devrait nous divertir.

— Oh, mon Dieu, dit la duchesse douairière, attirant l'attention d'Edmund.

Il pivota vers elle.

— Quelque chose ne va pas ?

— Je pense que ma cousine va vouloir que j'interprète un morceau au pianoforte, mais je n'ai pas joué depuis longtemps.

— Je suis sûr qu'elle ne vous pressera pas.

Edmund n'était sûr de rien ; cette femme avait invité sa cousine à sa sauterie sans lui révéler l'entière vérité.

— Et si elle le fait, souvenez-vous que je suis là pour vous protéger.

La duchesse douairière se mit à rire. La richesse du son provoqua chez Edmund le désir de figer l'instant.

— Et comment feriez-vous cela ?

— Je pourrais m'arranger pour que le pianoforte ne soit pas en état demain.

Il lui adressa un clin d'œil de conspirateur. Elle écarquilla les yeux, mais rit à nouveau.

— Vous ne feriez pas cela.

— Je le ferais sans hésiter.

— Non, n'en faites rien. Quelqu'un d'autre voudra peut-être en jouer. Et puis, il y aura peut-être assez de volontaires pour qu'elle ne me demande rien.

— Moi, par exemple.

La surprise dansa sur son visage et entrouvrit ses lèvres roses.

— Vraiment ? Vous ne jouerez pas de pianoforte, je suppose, si vous envisagez de le saboter.

Il rit.

— Pas de pianoforte.

— Alors quoi ?

Il lui sourit.

— Il vous faudra patienter.

La musique commença et Edmund lui tendit la main.

— Danserons-nous ?

— Avec plaisir.

Elle posa ses doigts sur les siens, et la sensation de sa peau contre la sienne – car personne n'avait remis de gants après le repas – envoya dans son corps une vague de désir.

Il n'avait aucune idée de ce que les prochains jours allaient offrir, mais il attendait avec impatience de le découvrir.

CHAPITRE 3

près un peu de répit suite au petit-déjeuner du lendemain, tous se rassemblèrent dans la salle de bal où une estrade avait été installée. Deux rangées de dix chaises lui faisaient face. Sur l'estrade trônait le pianoforte, dont Genie avait refusé de jouer. Car Cecilia le lui avait bel et bien demandé. Mais elle avait également bien pris le refus de Genie.

Genie avait grandement apprécié danser la nuit précédente. À tel point que si le reste du séjour devait se révéler d'un sombre ennui, elle serait quand même heureuse d'être venue.

Ce ne serait cependant pas ennuyeux ; pas avec la présence de Lord Satterfield. Il l'avait vraiment éblouie la nuit dernière, autant par ses talents de danseur que par sa conversation. Il avait fait preuve d'esprit et de charme pendant leur danse, puis ils avaient discuté pêle-mêle de leur amour des chevaux, de leur aversion pour la chaleur et de leur manque d'enthousiasme pour le menuet.

Plongée dans ses pensées, Genie faillit percuter Lord Satterfield a l'abord de la seconde rangée de sièges.

Elle porta une main à sa poitrine.

— Excusez-moi, je ne vous avais pas vu. J'ai peur d'avoir été perdue dans mes pensées.

— Et j'étais là, les yeux rivés sur vous depuis mon arrivée dans la salle, dit-il en souriant. À quoi pensiez-vous ?

— À la nuit dernière, en vérité. Je me remémorais l'histoire de votre désastreux menuet, avec je ne sais plus qui. Je crois que je riais trop fort pour même entendre son nom.

— Qui n'a pas d'importance. Plus personne n'a voulu danser avec moi après cela.

Il lui avait raconté avoir évité toute invitation pour le reste de la Saison.

— L'aurais-je su, j'aurais décliné votre offre hier soir.

— Vous auriez alors manqué à un merveilleux tableau, car nous avons très bien dansé ensemble. Je ne vous ai pas marché sur les pieds, ni ne vous ai fait tomber.

Ce qui lui était arrivé au cours de ce qu'il avait appelé le Monstrueux Menuet.

Genie riait légèrement quand il lui indiqua deux sièges libres à l'extrémité de la rangée.

— Après vous, dit-il.

Avançant dans le rang, Genie prit son siège. Lord Satterfield fit de même, relevant les pans de son manteau pour s'asseoir. Il portait un manteau parfaitement ajusté en fine laine bleu nuit. Sa cravate était d'un blanc presque aveuglant, contrastant avec la couleur sombre du manteau.

— Allez-vous enfin me dire ce que vous projetez de jouer ? demanda Genie.

Il sourit et secoua la tête.

— Vous n'aurez plus longtemps à attendre.

— Mais alors puis-je au moins vous demander si le pianoforte est fonctionnel ?

Il se tourna légèrement vers elle.

— Avez-vous changé d'avis ?

— Pas du tout, mais comme je le vois sur l'estrade, c'est que quelqu'un veut en jouer. Ce serait dommage qu'il soit hors d'usage.

— Je n'ai rien fait qui puisse l'empêcher de fonctionner, déclara Lord Satterfield, la main sur le cœur.

Cecilia s'avança sur l'estrade et s'adressa à l'assemblée.

— Je vois que vous êtes tous là. Merveilleux. Nous allons pouvoir apprécier neuf prestations. Nous allons commencer avec Lord Satterfield, qui va nous éblouir avec son interprétation d'Hamlet dans un extrait du chef-d'œuvre de Shakespeare.

Genie tourna brutalement sa tête vers Satterfield, surprise de son choix. Elle n'eut pas le temps de parler avant qu'il ne se lève et se dirige vers l'estrade.

Il aida Cecilia à en descendre, puis y prit place.

— Merci Lady Cosford. Comme annoncé, je vais vous interpréter un extrait d'*Hamlet*. Précisément l'Acte 3, scène 1.

La salle se tut instantanément quand il se tourna et présenta son dos. Genie aimait Shakespeare, et ce soliloque était l'un de ses passages préférés. Elle s'avança dans sa chaise, attendant qu'il se retourne pour commencer.

Mais il resta de dos et entama d'une voix lente et profonde :

Être, ou ne pas être, c'est là la question

Et il se tourna, juste partiellement. Elle étudia son profil, son regard s'attardant sur l'angle viril de sa mâchoire. Il leva la main droite.

Y a-t-il plus de noblesse d'âme à subir
  La fronde et les flèches de la fortune outrageante,
  Ou bien à s'armer contre une mer de douleurs

Il se tourna complètement vers eux, laissant retomber sa main à son côté, sa voix forte et ferme, le regard fixé sur un point derrière eux. Genie s'aperçut qu'elle retenait son souffle et se força à expirer.

> *Et à l'arrêter par une révolte ? Mourir... dormir,*
>> *Rien de plus ;... et dire que par ce sommeil nous mettons fin*
>> *Aux maux du cœur et aux mille tortures naturelles*
>> *Qui sont le legs de la chair : c'est là une terminaison*
>> *Qu'on doit souhaiter avec ferveur. Mourir... dormir,*
>> *Dormir ! peut-être rêver ! Oui, là est l'embarras.*

Sa tête bougea légèrement, et un œil tressauta.

> *Car quels rêves peut-il nous venir dans ce sommeil de la mort,*
>> *Quand nous sommes débarrassés de l'étreinte de cette vie ?*
>> *Voilà qui doit nous arrêter. C'est cette réflexion-là*
>> *Qui nous vaut la calamité d'une si longue existence.*

Il se tut et plissa le front. Pendant un moment fugace, Genie se demanda s'il avait oublié la suite. Mais non, c'était trop magnifique, trop délibéré. Elle retint son souffle à nouveau jusqu'à ce qu'il continue. Et sa voix reprit, plus vibrante et séductrice qu'avant.

> *Qui, en effet, voudrait supporter les flagellations et les dédains du monde,*
>> *L'injure de l'oppresseur, l'humiliation de la pauvreté,*
>> *Les angoisses de l'amour méprisé, les lenteurs de la loi,*
>> *L'insolence du pouvoir et les rebuffades*
>> *Que le mérite résigné reçoit des créatures indignes,*
>> *S'il pouvait en être quitte*
>> *Avec un simple poinçon ? Qui voudrait porter ces fardeaux,*
>> *Geindre et suer sous une vie accablante,*

Si la crainte de quelque chose après la mort,

Il tendit la main, doigts étendus. Genie lutta contre l'envie de mimer son mouvement, de chercher les réponses qu'ils ne trouveraient jamais dans cette vie. Ces mots avaient été un baume après la mort de Jérôme, et maintenant elle y trouvait un autre réconfort : un réveil.

De cette région inexplorée, d'où
   Nul voyageur ne revient, ne troublait la volonté,
   Et ne nous faisait supporter les maux que nous avons
   Par peur de nous lancer dans ceux que nous ne connaissons pas
?
   Ainsi la conscience fait de nous tous des lâches ;

Il abaissa sa main à son côté. Son regard se déplaça, juste un peu, et Genie s'imagina qu'il le posait sur elle. Était-elle lâche de ne pas jouer du pianoforte ? Non, bien sûr que non.

Ainsi les couleurs natives de la résolution
   Blêmissent sous les pâles reflets de la pensée ;
   Ainsi les entreprises les plus énergiques et les plus importantes
   Se détournent de leur cours, à cette idée,
   Et perdent le nom d'action.

Après un instant de silence, il salua. La salle retentit d'applaudissements. Genie aurait tellement voulu qu'il continue. Hélas, il n'en fit rien. Il salua encore en souriant et descendit de l'estrade. Il aida Cecilia à y remonter, puis regagna sa place.

— Mon Dieu, comme ce fut saisissant !

Cecilia pressa ses mains l'une contre l'autre.

— Merveilleux. Et maintenant, une chanson par Mrs. Fitzwarren.

Genie entendit les mots de sa cousine mais elle se concentra sur Satterfield qui s'asseyait à côté d'elle.

— Remarquable prestation, murmura-t-elle. J'aurais souhaité que vous continuiez.

Il la regarda d'un œil soupçonneux.

— Merci.

— Auriez-vous pu ?

Elle se tourna vers lui.

— Je veux dire continuer.

— Pourriez-vous assurer le rôle d'Ophélia ? lui demanda-t-il avec un léger sourire.

— Je pourrais.

Leurs regards s'accrochèrent pendant que Mrs. Fitzwarren chantait une balade qui parlait d'amour et de mariage ; plutôt appropriée au vu des circonstances. Genie se demanda si Cecilia lui avait suggéré cette chanson en particulier.

Ils se retournèrent vers l'estrade. Mrs. Fitzwarren avait une belle voix. Mais Genie était encore sous le charme de l'interprétation envoûtante de Satterfield. Il aurait pu faire carrière sur les planches.

Genie lui jetait de fréquents regards, admirant son profil de plus en plus longuement. Que lui arrivait-il ?

Elle s'obligea à regarder Mrs. Fitzwarren dont la voix s'envolait. Mais elle restait consciente de la présence de Lord Satterfield. Peut-être juste un autre coup d'œil...

Un petit regard furtif et elle eut le souffle coupé. Il la regardait, ses yeux sombres la fixant d'un regard de braise. L'avait-il observée, lui aussi ?

Elle ne pouvait pas détourner le regard. Si elle laissait tomber sa main à son côté, et s'il faisait de même, leurs doigts pourraient se toucher...

Que faisait-elle ? Genie ramena son attention sur Mrs. Fitzwarren et serra ses mains dans son giron.

La chanson prit fin et Genie envisagea de partir. Si ce n'est qu'elle devrait passer devant Lord Satterfield, et que pour l'instant, elle ne se faisait pas confiance pour simplement lui parler. Cela pourrait trahir sa... quoi ?

— C'était charmant, dit-il, l'amenant à tourner la tête.

Il s'était penché vers elle, et maintenant ils étaient très proches. C'en était presque insupportable. Mais Genie ne bougea pas.

— Certes, mais j'ai quand même préféré votre prestation, dit-elle doucement pour que personne n'entende.

Ses yeux étincelèrent.

— Vous me flattez.

Genie se débattit pour orienter la conversation vers... des banalités.

— Combien de temps avez-vous mis hier soir pour mémoriser cette tirade ?

Elle garda sa voix très basse.

— Aucun.

Il parla tout aussi bas.

— Je l'ai apprise par cœur il y a des années. Avec un ou deux sonnets et quelques autres tirades des pièces de Maître Shakespeare.

Seigneur, il aimait Shakespeare aussi.

— Préférez-vous *Hamlet* ?

— Cela va de soi.

— Ma pièce favorite est *Beaucoup de Bruit pour Rien*. J'adore Béatrice et Bénédict.

Ses lèvres se relevèrent en un bref sourire.

— Miracle ! Voici nos mains unies contre nos cœurs !

Il porta sa main à sa poitrine.

— Allons, je veux bien de toi, mais vrai ! Je te prends par pitié.

Genie se souvint de la réplique sans effort.

— Je ne veux pas vous refuser, mais par la lumière du jour

! Je cède à la persuasion et, en partie, au désir de vous sauver la vie, car on m'a dit que vous mourriez de consomption.

— Silence ! Je te ferme la bouche.

Ses yeux se fixèrent sur sa bouche.

Elle se pencha légèrement vers lui avant de réaliser où ils étaient, avec Cecilia de retour sur l'estrade pour annoncer la prestation suivante. Le cœur battant, Genie reprit place.

Satterfield fit de même.

— Si Lady Cosford décide d'une autre représentation, nous devrions jouer cette scène.

Oh, ils n'en feraient rien. Mr. Emerson qui tentait de jongler avec des pommes lui évita de répondre. C'était un désastre total, et très vite tout le monde se mit à rire de ses pitreries car les pommes s'envolaient de l'estrade pour rouler au sol. Genie lui fut reconnaissante pour la distraction.

Elle prit aussi grand soin de discuter avec la personne assise à sa droite, entre les numéros suivants. Mrs. Sheldon avait environ dix ans de moins que Genie. Avec ses cheveux blond cendré et ses yeux verts perçants, c'était une beauté.

— Lord Satterfield et vous semblez bien vous entendre, dit Mrs. Sheldon avec un sourire chaleureux.

Genie ne souhaitait pas que des rumeurs débutent.

— Comme tout le monde. Monterez-vous sur scène aujourd'hui ?

— Oui, je vais réciter un poème.

— Merveilleux.

— Et vous ? lui demanda Mme Sheldon.

— Non.

La conversation fut interrompue par Cecilia qui présenta Mrs. Hatcliff-Lind, qui allait jouer du pianoforte.

Genie glissa un regard vers Lord Satterfield, qui lui répondit par un demi-sourire dès les premières notes. *Vous voyez*, articula-t-il sans un son, *il fonctionne*.

Elle ne put s'empêcher de pouffer de rire. Oh, elle l'aimait bien. Et si elle ne faisait pas attention, tout le monde s'en apercevrait si ce n'était pas déjà fait. Elle n'était pas prête à trouver un partenaire.

Pourtant elle entendait la voix de Jérôme qui lui murmurait : *Promets-moi que tu te remarieras, Genie. Je ne veux pas te savoir seule si longtemps.*

Et elle lui avait répondu : *Je vais peut-être mourir demain et toi, tu te rétabliras. Alors, c'est toi qui devras te remarier.*

Il avait ri, puis toussé et elle s'en était voulu de l'avoir perturbé. Il avait balayé ses inquiétudes et pris sa main. *Si je devais me remettre, et que tu disparaissais, j'essaierais de retrouver le bonheur. Ce ne serait pas la même chose. Rien ne pourrait être pareil. Mais j'essaierais. Et je souhaite sincèrement que tu fasses de même. Parce que nous savons tous deux que je ne guérirai pas.*

Malgré les deux années écoulées, et bien que Genie ait déjà pleuré toutes les larmes de son corps, le souvenir lui fendait encore le cœur. La douleur diminuait, adoucie par la joie douce-amère du temps passé ensemble, même s'il avait été écourté.

Non, rien ne serait jamais pareil, et Genie ne le souhaitait pas. Mais elle avait fini par lui promettre d'essayer.

Lançant un autre regard rapide à Lord Satterfield, Genie se demanda si elle était prête. Elle n'en savait rien, et elle ne savait même pas *comment* elle pourrait le savoir. C'était peut-être sa réponse.

Dès la fin de la représentation, Genie regagna sa chambre à la hâte, et elle y resta cloîtrée avec ses incertitudes jusqu'au souper.

CHAPITRE 4

*L*e jour suivant, Edmund prit son petit-déjeuner dans sa chambre. Il était resté debout tard la nuit précédente, festoyant avec quelques autres gentilshommes. Ce n'était pas comme cela qu'il avait imaginé sa nuit, mais la duchesse douairière n'était pas restée au salon après le souper. Edmund avait modifié ses plans et il avait trouvé réconfort dans l'alcool et les cartes.

Elle avait aussi été absente la plus grande partie de la veille, s'éclipsant juste après les prestations dans la salle de bal. Edmund n'arrivait pas à se souvenir s'il avait un jour été aussi émoustillé, et pas seulement physiquement, d'être uniquement assis à côté d'elle.

Enfin, ils n'étaient pas seulement assis côte à côte. Ils avaient aussi discuté et échangé des citations shakespeariennes, et Edmund était déjà presque conquis. Presque ?

Il ressentait réellement une attirance, et elle semblait réciproque. Non ? Se cachait-elle dans sa chambre à cause de lui ? Il espérait que non. Et pourtant, il ne pouvait ignorer le frisson qui le parcourait, à l'idée que l'effet qu'elle lui faisait soit réciproque.

Il voulait être sûr, mais cela s'avérait difficile quand elle restait à l'étage.

Et s'il ne l'intéressait pas ? Ou si elle n'était simplement pas prête à une nouvelle idylle ? Ils n'étaient peut-être pas faits pour partager une liaison romantique. Et comme Edmund était venu à cette réunion pour trouver une épouse potentielle, il lui faudrait s'intéresser aux autres femmes.

Il prit une grande inspiration résignée et se dirigea vers la salle de bal où ils devaient jouer à colin-maillard cet après-midi. Plusieurs invités étaient déjà présents, conversant par petits groupes. À son grand regret, la duchesse douairière n'en faisait pas partie.

Edmund marcha vers le groupe le plus proche et fut immédiatement intercepté par Lady Bradford qui s'en écarta. Environ cinq ans plus jeune que lui, la comtesse douairière était une éblouissante femme blonde de petite taille avec des yeux bleus incandescents.

— Bonjour, Lord Satterfield, dit-elle. Êtes-vous prêt pour le colin-maillard ?

— Oui, bien que je n'y aie pas joué depuis des années.

— Moi si, mais avec mes filles.

Elle avait trois petites filles, et c'est tout ce qu'Edmund savait d'elles.

— Quel âge ont-elles ? demanda-t-il.

— Douze, dix et sept ans. Et laissez-moi vous dire qu'il y a un gouffre entre douze et sept qui excède de beaucoup cinq années, répondit-elle avec humour. Cela fait du bien de s'éloigner un peu.

— J'en conviens.

Il ne pouvait que deviner, bien sûr.

Une autre invitée les rejoignit. Mrs. Makepeace était la plus jeune de la réunion. À tout juste vingt-cinq ans, elle avait perdu son mari après une seule année de mariage. Elle était plus grande que Lady Bradford, plus élancée aussi avec des cheveux couleur miel.

— Je viens juste d'entendre dire que cette version de colin-maillard inclurait des *baisers*.

Elle agita les sourcils. Lady Bradford sourit.

— C'est si charmant. Penseriez-vous trouver cela ailleurs ?

Mrs. Makefield lui répondit plaisamment.

— Vous seriez étonnée de ce que certaines personnes peuvent faire.

— Probablement. Il y a longtemps que je n'ai pas assisté à une petite fête, dit Lady Bradford. Et certainement jamais à une de ce genre.

— C'est pourtant assez remarquable, n'est-ce pas ?

Mrs. Makepeace regarda autour de la salle avec allégresse.

— On se sent plus... à l'aise.

Lady Bradford acquiesça.

— C'est une bonne idée toutefois, ne trouvez-vous pas? J'ai l'impression de pouvoir être entièrement moi-même.

Edmund ne pouvait qu'être d'accord. Mais c'était forcément différent pour lui qui était un homme. Il n'avait jamais eu à cacher qui il était vraiment.

— Je suis heureux que vous en profitiez toutes les deux.

Elles tournèrent leur tête vers lui de concert, mais Mrs. Makepeace parla la première :

— Et vous, en profitez-vous ?

À cet instant, la duchesse douairière pénétra dans la salle de bal. Le pouls d'Edmund s'accéléra.

— Infiniment.

Il combattit le besoin d'aller la rejoindre pour la saluer. Mais il se régala plutôt de la voir traverser la salle de son élégante démarche. Mr. Sterling l'accueillit d'un sourire, et Edmund vit la scène avec un intense mécontentement. Pas seulement cela, mais aussi avec de la jalousie.

Lady Bradford et Mrs. Makepeace parlaient toujours, mais Edmund n'écoutait que d'une oreille. Elles débattaient toujours de comment intégrer des baisers dans un colin-maillard. Cela n'intéressait Edmund que dans la mesure où il pourrait saisir une chance d'embrasser la duchesse douairière.

Eugenia.

Lady Cosford était de retour sur l'estrade où ils s'étaient produits la veille.

— Je pense que tout le monde est arrivé. Si j'ai bien compté.

Elle rit gaiement.

— Vous savez que nous allons jouer à colin-maillard. Est-ce que l'un d'entre vous ne sait *pas* jouer ?

Ils se regardèrent tous, mais personne ne répondit par l'affirmative. Edmund ne put empêcher son regard de glisser vers Eugenia et fut heureux de voir qu'elle faisait de même. Il lui sourit mais ne reçut qu'un demi-sourire en réponse. C'était inquiétant.

— Excellent, dit Lady Cosford. Nous allons ajouter un peu de piment à notre jeu aujourd'hui. Quand celui qui porte le bandeau trouve et reconnaît une personne, il l'embrasse.

Cela suscita de nombreuses questions ainsi que quelques éclats de rire.

— Et si je tombe sur Lord Audlington ? demanda Sir Godwin.

Lady Cosford se tourna vers Sir Godwin.

— Vous pourrez l'embrasser comme vous le souhaitez ; il n'y a aucune règle.

Elle lui lança un sourire grivois.

Sir Godwin pencha la tête.

— Disons donc que si je m'aperçois que j'ai trouvé un gentilhomme, je ferai exprès de perdre pour recommencer.

La plupart des invités en rirent.

— C'est tout à fait votre droit, dit Lady Cosford. Vous pouvez aussi décider de regarder au lieu de jouer.

— Je vais regarder, déclara Eugenia.

À ces mots, les espoirs d'Edmund s'envolèrent.

Mr. Sterling hocha la tête à côté d'elle.

— Moi aussi.

Et il escorta Lady Kendal vers quelques chaises disposées à proximité.

Edmund les fixa alors qu'ils s'asseyaient l'un près de l'autre, leurs têtes rapprochées. Il voulait s'asseoir lui aussi. Mais la jalousie qui l'envahissait bloqua ses mots, et Lady Cosford annonça que le jeu débutait et qu'elle choisirait le premier nom.

Elle mit la main dans un saladier et en tira un petit morceau de parchemin qu'elle déplia. — Lord Satterfield.

Bon sang. Il était piégé maintenant.

Lord Cosford s'avança vers lui avec le bandeau. Edmund dut plier les genoux pour que son hôte puisse l'ajuster. La dernière chose qu'il vit avant que tout devienne noir fut Eugenia, les mains jointes sur ses genoux, la tête tournée vers Sterling avec un léger sourire.

Que se passerait-il si Edmund réussissait malgré tout à la trouver ? Il pria silencieusement d'y voir un peu pour pouvoir se diriger vers sa chaise.

— Tout va bien ? demanda Cosford.

Edmund se redressa. Il n'y voyait absolument rien.

— Oui.

Le ton était brusque, même à ses propres oreilles.

Cosford posa ses mains sur les biceps d'Edmund et commença à le faire tourner.

— Mon Dieu, Satterfield, vous vous entraînez souvent ? Vos bras sont si musclés !

Il rit comme si la forme d'Edmund portait à plaisanter.

— Vous ne dites cela que parce que vous êtes maigre comme un clou ! s'exclama quelqu'un.

Cela provoqua un grand rire.

À force de tournoyer, Edmund commença à perdre l'équilibre. Quand il s'arrêta, il n'avait plus aucune idée d'où se trouvait Eugenia. Il marmonna un juron.

— Plaît-il ?

— Bon sang, j'ai le vertige, dit Edmund d'un ton bougon.

Il voulait en finir. Après cela, il pourrait s'immiscer entre Eugenia et Sterling.

— C'est le but du jeu !

Edmund ne reconnut pas cette voix, ni le rire qui suivit cette remarque. Il avait les épaules tendues. Il se força à inspirer et à relâcher ses muscles.

Détends-toi, Edmund. Amuse-toi. Tu vas peut-être trouver une épouse ici. Ce ne sera pas forcément Eugenia. Tu ne savais même pas qu'elle serait là.

C'était vrai, mais maintenant il le savait. Et aucune des autres femmes présentes ne lui arrivait à la cheville.

Quand le sol redevint stable sous ses pieds, il se déplaça, les bras tendus devant lui. Un petit gloussement lui indiqua qu'il s'approchait d'une dame. Il pivota et fit deux grands pas. Ses doigts rencontrèrent du tissu.

— Je vous tiens !

Il se rapprocha et explora sa découverte. Il était sûr de toucher une manche. Faisant glisser sa paume vers le bas, il en sentit le bord, puis de la peau. Oui, c'était bien une femme.

Il réfléchit à qui portait ce genre de robe. Mieux encore, il évalua la taille de cette femme et à qui cela pouvait correspondre. Dommage qu'il n'ait pas trouvé Lady Bradford ; sa petite taille l'aurait dénoncée immédiatement.

Se rapprochant encore, Edmund fit remonter sa main le long de la manche et jusqu'à l'épaule de la femme pour déterminer si elle était de face ou de dos. Les doigts enroulés autour de sa clavicule, il glissa sa main jusqu'à son cou. Le bout de ses doigts effleura des cheveux à l'arrière; sa nuque, donc. Il lui faisait face. De quels indices disposait-il pour découvrir son identité ? Il ne voulait certainement pas faire cela plusieurs fois. Et comment pouvait-il envisager de l'embrasser ?

Diable, il ne voulait embrasser qu'Eugenia. Et pas dans une salle de bal pleine de monde. Il la voulait seule, de préférence dans une chambre à coucher et de préférence nue. Cette pensée fit tressaillir son membre et il se sermonna en silence.

Déplaçant sa main vers le devant de la femme mystérieuse, il trouva une broche qui accrochait son fichu au col de sa robe. Il sourit car il avait remarqué qui portait cela.

— Mrs. Makepeace.

— Admirable ! s'exclama une voix masculine à proximité.

— Ai-je vu juste ?

Edmund leva sa main pour ôter le bandeau.

— Tout à fait, Monsieur, dit Mrs. Makepeace.

Edmund dénoua le tissu derrière sa tête et abaissa le bandeau. Mrs. Makepeace le regardait, les lèvres entrouvertes.

— Quel genre de baiser allez-vous réclamer ? demanda-t-elle, une lueur de séduction au fond de ses yeux noisette.

— Quel genre proposez-vous ?

Elle fit un petit pas en avant pour arriver à son contact.

— Comme il vous plaira.

Le regard d'Edmund la survola pour aller se poser sur Eugenia. Ses yeux étaient fixés sur Edmund. Ses mains étaient toujours jointes mais plus crispées qu'avant.

Presque sans réfléchir, Edmund pencha la tête et posa ses lèvres sur celles de Mrs. Makepeace. Il ne cessa pas de regarder Eugenia, et put saisir le subtil écarquillement de ses yeux et le léger rosissement de ses joues. Ses lèvres s'entrouvrirent, et Edmund se demanda si son cœur s'était accéléré aussi. Il aurait tellement souhaité que cette bouche qu'il embrassait soit la sienne.

Il se redressa et la douairière se détourna. Elle porta une main à sa gorge, écartant les doigts au-dessus du creux en déglutissant.

— Ce fut plaisant, chuchota Mrs. Makepeace.

— Oui, merci, répondit Edmund. Je pense que c'est votre tour, maintenant.

— Je vais peut-être vous trouver, murmura-t-elle, les yeux scintillant de coquetterie.

— Ce ne serait pas très juste, s'esclaffa-t-il. Je vais aller m'asseoir pour cette fois.

Il s'aperçut qu'il avait grand besoin d'un verre. Heureusement, une table disposée près de l'estrade proposait des rafraîchissements.

— Tout d'abord, laissez-moi vous bander les yeux.

Edmund lui présenta le morceau de tissu et elle se retourna. Il le noua rapidement derrière sa tête.

— Comment est-ce ?

— Je n'y vois rien, dit-elle. Faites attention en me faisant tourner, je peux être maladroite.

— Je vais faire de mon mieux.

Edmund la fit pivoter avec moins de force que Cosford ne l'avait fait pour lui, puis il se rendit à la table des rafraîchissements.

Presque immédiatement, Mrs. Makepeace trouva Mrs. Sheldon.

— Je peux dire qu'il s'agit d'une femme, dit Mrs. Makepeace. Puis-je recommencer à chercher, s'il vous plaît ?

Sa question suscita des rires et Lady Cosford répondit :

— Bien sûr, continuez. Nous devrions peut-être écarter les femmes pour le moment.

— Et si je veux embrasser Mrs. Makepeace ? demanda
Lady Clinton.

— Nous devrions la laisser faire, dit Mr. Emerson en
souriant.

Edmund secoua la tête et se servit un verre de brandy. Il
voulait aller s'asseoir à côté d'Eugenia, mais n'en fit rien. Elle
ne l'avait pas regardé un instant. Était-elle en colère parce
qu'il avait participé à ce jeu idiot ? Elle avait un peu réagi
quand il avait embrassé Mrs. Makepeace. Il n'aurait peut-être
pas dû.

Cependant, il était venu pour éventuellement trouver une
épouse. Et embrasser Mrs. Makepeace faisait partie du
processus. Ou alors il l'avait fait pour provoquer Eugenia.

Cela avait-il marché ? Il était bien déterminé à le
découvrir.

CHAPITRE 5

près le ridicule épisode du colin-maillard au baiser, les invités s'égaillèrent. Certains pour jouer au billard, d'autres pour jouer aux cartes dans le salon. D'autres encore se retirèrent dans leurs chambres, mais Genie spécula que Lord Audlington et Mrs. Sheldon n'étaient pas montés pour se reposer. Leur baiser pendant le jeu avait été juste un peu plus long que ce qui était certainement acceptable.

Acceptable ? Rien dans ce jeu n'avait été décent.

Genie regrettait de ne pas avoir participé.

Car au moment où les lèvres de Lord Satterfield avaient touché celles de Mrs. Makepeace, Genie avait eu envie d'arracher les yeux de la jeune femme. Puis elle l'aurait jetée au sol pour prendre sa place.

Sa réaction avait été prompte, violente et totalement déconcertante. Elle s'interrogea à nouveau : que lui arrivait-il ?

Genie s'en fut chercher un livre dans la bibliothèque et l'emporta dans un petit salon situé au bout du rez-de-chaussée, loin des billards et autres salons. Elle envisagea de remonter dans sa chambre, mais Mrs. Sheldon était sa voisine et elle ne voulait pas entendre sa rencontre avec Lord Audlington.

Le petit salon était confortable, offrant une vue des parterres encore humides et jonchés de feuilles rouges et or déplacées par le vent. La pluie avait cessé, du moins pour le moment, et quelques rayons de soleil traversaient les nuages gris.

Elle s'installa sur une causeuse, étendit ses jambes sur le coussin et croisa les chevilles. Livre ouvert, elle resta figée sur la première page sans la lire. Elle ne pouvait que penser à Lord Satterfield. À ses lèvres sensuelles, à son regard perçant, à ses bras musclés... Étaient-ils vraiment musclés ? Elle se languissait de le découvrir par elle-même.

Mrs. Makepeace avait goûté la sensation de ses lèvres. Le regarder l'embrasser avait éveillé en Genie des émotions oubliées, voire inconnues.

Oh mince ! Contrairement aux autres, elle n'était pas venue chercher un mari, ni une aventure. Et elle ne voulait certainement aucun des deux avec Lord Satterfield. Elle n'était pas prête.

Raconte donc ça à ton corps.

Satterfield était à l'évidence en quête d'une liaison, au minimum. Il avait été bien trop désireux de participer à ce stupide jeu et d'embrasser Mrs. Makepeace sur la bouche. Il aurait pu se contenter de l'embrasser sur la joue, ou même mieux, sur la main.

Les sourcils froncés, elle tenta de se concentrer sur la page devant elle.

— Est-ce un bon livre ?

Elle rabattit la couverture dans un claquement et se leva d'un bond. C'était *lui*.

— M'avez-vous suivie ?

Il entra nonchalamment dans le petit salon, donnant l'impression de faire encore rétrécir la pièce.

— Non.

— Alors que faites-vous ici ?

— Je cherche un peu de tranquillité, dit-il d'un ton agréable.

— Eh bien, vous ne trouverez pas cela ici.

Il haussa un sourcil.

— Vraiment ?

Elle n'avait pas eu l'intention de lui chercher querelle, mais maintenant qu'elle avait commencé, elle redressa les épaules et ne le contredit pas.

— Devrais-je me retirer ? demanda-t-il.

Oui. Non.

— Nous pouvons rester tous les deux ici, bien entendu.

Il s'approcha, s'arrêtant à quelques pas d'elle.

— Vous semblez en colère.

— Je ne le suis pas.

Si ce n'est qu'elle avait le visage brûlant et le corps frémissant. Pourquoi était-elle énervée contre lui?

Un pas supplémentaire l'amena encore plus près d'elle et son corps s'enflamma.

— Pourquoi n'avez-vous pas joué à colin-maillard ?

— Je...

Elle n'avait pas vraiment de bonne réponse.

— Je ne voulais embrasser personne.

Ce n'était pas absolument exact. Elle ne voulait embrasser personne d'autre que lui. Mon Dieu, voulait-elle l'embrasser ?

Il fit le dernier pas qui le plaça directement face à elle. Elle n'avait qu'à lever les mains pour vérifier la taille de ces biceps par elle-même.

— Quel dommage, dit-il doucement. J'ai été dévasté que vous ne participiez pas.

Dévasté ? Les lèvres de Genie s'entrouvrirent dans sa

lutte pour inhaler assez d'air pour accompagner l'accélération de son pouls.

— Et ensuite vous vous êtes assise avec Sterling, et j'ai bien peur d'avoir été jaloux. C'est cela qui m'a conduit à ce comportement enfantin. Est-ce demesuré d'espérer que vous étiez jalouse, vous aussi ?

Non, elle l'avait été.

— Je vous ai dit que je n'étais pas en colère.

Les yeux de Satterfield s'agrandirent, et ses narines s'écartèrent légèrement. Fière de l'avoir surpris, Genie s'enhardit. Sur la pointe des pieds, elle enroula une main autour de sa nuque, lui faisant baisser la tête. Puis elle posa ses lèvres sur les siennes.

Avec un petit grognement, il l'entoura de ses bras. Elle laissa tomber le livre au sol et posa son autre main sur son biceps. Elle le palpa et put enfin satisfaire sa curiosité autant que les épaisseurs de tissu le lui permettaient. Oh oui, il était bien musclé.

Et ses lèvres étaient divines. Elle avait presque oublié qu'un simple baiser pouvait être aussi délicieux, embraser son corps et allumer des flammes de désir.

D'une main dans le dos, il la pressa contre lui. Penchant la tête, il lécha ses lèvres. Genie ouvrit la bouche, l'invita à entrer et chassa sa langue avec la sienne.

Une violente sensation la traversa. Cela semblait interdit et en même temps si nécessaire. Elle ne devrait pas vouloir cela. Elle ne pouvait pas vouloir cela… pas déjà ?

Elle abandonna sa bouche et redescendit sur ses pieds, le souffle court.

— Je… c'est trop tôt.

— Trop tôt ?

Il ne la lâcha pas.

— Pourquoi ?

— Parce que…

Elle n'avait pas de réponse. De nouveau, elle entendit la voix de Jérôme lui intimant d'être heureuse. Il aurait voulu qu'elle le fasse. Pourtant, elle était partagée.

— Cela paraît étrange.

Il ôta ses mains d'elle.

— Je suis désolé d'entendre cela. J'ai trouvé cela plutôt délicieux.

Elle vit la déception traverser son regard, sa lutte interne pour ne pas lui montrer sa souffrance.

— Ce n'est pas vous, se hâta-t-elle de dire. Je suis... attirée par vous. J'étais bel et bien jalouse quand vous avez embrassé Mrs. Makepeace.

— Est-ce que cela vous aiderait de savoir que je m'imaginaiss vous embrasser ?

— Oui.

Elle aurait dû avoir honte de l'admettre, mais elle en souriait plutôt.

Il lui prit la main.

— Duchesse.

Il la regarda dans les yeux.

— Eugenia.

Elle promena son pouce sur sa main.

— Genie... Genie.

Il prononça son nom comme une caresse, lui procurant un frisson qui parcourut ses épaules.

— J'irai aussi lentement que vous le souhaitez. Ni Mrs. Makepeace, ni personne d'autre ne m'intéresse.

La joie explosa en elle. Elle abaissa son regard sur leurs mains jointes, avant de le relever vers lui et de poser sa paume sur sa joue.

— Je ne suis pas venue ici pour trouver un conjoint. Ni pour avoir une liaison.

— Moi si. Pour former un couple *peut-être*, expliqua-t-il.

Il est probablement temps pour moi de prendre femme, ou du moins c'est ce que ma mère me répète depuis dix ans.

Son visage se fendit d'un sourire.

— Je ne sais pas si je suis prête pour cela.

Elle fit glisser son pouce le long de sa lèvre supérieure.

— Cependant, je suis prête pour un autre baiser. Et vous ?

— Plus que prêt.

Elle se hissa à nouveau sur la pointe des pieds quand il l'attira contre lui. Sa bouche s'écrasa sur la sienne. Elle plongea les doigts dans ses cheveux, et s'accrocha violemment à lui en lui tenant la tête. Il promena les mains sur le haut de son dos, puis plus bas, l'une d'elle agrippant son derrière.

Elle se serra contre lui, son sexe palpitant de désir. Peut-être qu'une liaison serait la bienvenue…

Quand ils se séparèrent, ils respiraient tous les deux très fort. Il posa son front sur le sien.

— Je n'ai pas fermé la porte.

— Oh.

Elle devrait être scandalisée, mais elle ne pouvait même pas rassembler un minimum d'horreur ou de regret. Elle agrippa ses revers et effleura ses lèvres une fois encore.

— Je monte me préparer pour le souper. S'il vous plaît, ne me suivez pas. Tout cela est… délicieux mais je ne l'avais pas prévu…

Il hocha la tête une fois.

— Je comprends. Je suis un homme patient, Genie.

Elle leva son regard vers lui.

— Je ne fais aucune promesse.

— Et je n'ai aucune attente.

Il sourit de toutes ses dents.

— Juste tout l'espoir du monde.

*A*près le souper ce soir-là, les femmes se retirèrent au salon comme d'habitude. Genie choisit une chaise placée à proximité d'un petit divan et de deux autres chaises. Lady Bradford, Mrs. Grey et Lady Clinton se joignirent à elle et les autres dames se rassemblèrent près de la cheminée.

Genie connaissait plutôt bien Lady Bradford, aussi surnommée Lettie, et Mrs. Grey un peu moins. Elle n'avait rencontré Lady Clinton que quelques fois. Lady Clinton et Mrs. Grey prirent place ensemble sur le divan, et Lettie s'assit sur une chaise tournée vers celle de Genie.

Lady Clinton, qui avait plusieurs années de moins que Genie, des cheveux roux sombre et des grands yeux bruns, regarda toutes les femmes assises dans leur cercle.

— Lady Cosford a fait un si bon travail avec cette réunion. Je ne peux pas croire qu'elle soit déjà à moitié achevée. Pensez-vous qu'il y ait une chance qu'elle la fasse durer plus longtemps ?

— Vos enfants vous manquent-ils autant qu'à moi ? demanda Mrs. Grey d'un ton sardonique.

Elle était peut-être même encore plus jeune que Lady Clinton, ce qui fit prendre conscience à Genie qu'elle pourrait très bien être une des plus âgées, sinon *la* plus âgée des invités. Elles rirent toutes les deux, et Lettie se joignit à elles.

Genie sourit mais ne put se résoudre à rire avec les autres. Elle n'avait pas d'enfant à elle, plus maintenant. Bien sûr, elle avait son beau-fils, Titus, mais il avait depuis longtemps passé l'âge de dépendre d'elle. Sa fille, Eliza, aurait eu seize ans si elle avait survécu. Parfois, il arrivait à Genie de penser à ce qu'elles feraient ensemble.

— Mes excuses, Genie, dit Lettie chaleureusement.

Elle savait que la maladie avait emporté Eliza à l'âge de trois ans.

— Tout va bien. C'est une agréable partie de campagne.

Agréable. Ce mot ne décrivait pas correctement le baiser de Lord Satterfield. Allait-elle vraiment continuer à penser à lui en tant que « Lord Satterfield », maintenant ? L'appelait-on Edmund ou autrement ?

Mrs. Grey tourna vers Genie ses yeux bleus inquisiteurs.

— Votre Grâce, pourquoi n'avez-vous pas joué à colin-maillard tout à l'heure ?

Genie envisagea de lui raconter un mensonge ; qu'elle n'aimait pas avoir les yeux bandés ou qu'elle détestait se sentir étourdie. Mais elle fut plutôt honnête.

— Je ne suis pas tout à fait prête pour une rencontre.

— S'embrasser ne veut pas dire se marier, en particulier à cette réunion, dit Lady Clinton en ajustant son collier pour que la croix d'ambre repose juste au-dessus du creux de sa gorge. En particulier si c'est Sir Nathaniel qui décide de vous embrasser.

Elle leva les yeux au ciel en mentionnant la manière dont il l'avait embrassée après l'avoir trouvée et identifiée. Il avait pressé un chaste baiser sur le dos de sa main.

Tout le monde rit, et Mrs. Grey chuchota :

— Ça aurait pu être bien pire. Mr. Howell aurait pu essayer d'enfoncer sa langue au fond de votre gorge.

— Je me demandais si c'était ce qu'il avait tenté de faire, dit Lettie en secouant la tête.

— Je lui ai accidentellement marché sur le pied. *Fort.*

Mrs. Grey sourit sobrement.

— Heureusement, il portait des mules et non des bottines.

— Je comprends votre réticence, dit Lady Clinton. Je ne suis pas pressée non plus de me remarier. Deux fois, c'est bien suffisant, non ?

Genie avait oublié que la vicomtesse avait été mariée deux fois.

— Envisageriez-vous une troisième union ?

Elle n'était pas sûre de s'y risquer. Perdre un autre mari l'emplissait de terreur.

— Honnêtement, je ne sais pas.

Lady Clinton baissa la voix.

— Mon deuxième mariage n'était pas un mariage d'amour. Mes garçons avaient besoin d'un père, et sa fille d'une mère.

Elle haussa les épaules.

— Ce fut assez convenable, et il me donna mon troisième fils, que j'adore.

Ses yeux s'illuminèrent de joie.

— Mais je ne recommencerais pas ; pas en sachant à quel point c'est bien mieux quand vous êtes amoureuse de votre mari.

Mrs. Grey repoussa une de ses boucles châtain de son front.

— Vous aimiez votre premier époux, alors ?

— Plus que tout, dit doucement Lady Clinton, ses lèvres se recourbant en un faible sourire. Si je pouvais avoir cela à nouveau, je le ferais une troisième fois, et une quatrième. Mais je ne sais pas si on peut avoir autant de chance. Une fois est déjà extraordinaire, alors deux fois cela semble... quasiment impossible.

La poitrine de Genie se serra. Elle ressentait absolument la même chose. Elle avait tellement aimé Jérôme. Et il l'avait aimée. Son expérience avait été à l'opposé de celle de Lady Clinton. Son premier mariage avait été arrangé et sans affection. Pour son second mariage, il avait veillé à aimer son épouse.

— Je comprends ce que vous voulez dire, lui dit Genie, son regard exprimant son soutien. Je ne suis pas sûre non plus que cela soit possible.

— Eh bien, j'aimerais juste tomber amoureuse, dit Lettie

en riant. J'étais attachée à mon mari, mais il n'y avait pas de grands sentiments.

Elle se tourna vers Mrs. Grey.

— Et vous ?

— Je l'aimais.

La voix de Mrs. Grey était réservée.

— Je ne pense pas qu'il ressentait la même chose. Pas pour moi, du moins. Il en allait peut-être autrement avec sa maîtresse.

Lady Clinton se pencha et serra la main de Mrs. Grey.

— Les hommes peuvent être horribles. Mon mari avait aussi une maîtresse, mais je ne m'en inquiétais pas. En fait, j'envisageais d'avoir une liaison de mon côté quand il est mort.

Elle leur adressa à toutes un sourire rusé et cela allégea l'ambiance une fois encore.

Si ce n'est que Genie avait toujours l'impression d'avoir avalé du plomb. Elle ne voulait pas donner de faux espoirs à Edmund.

Elle se leva brutalement.

— Excusez-moi, s'il vous plaît, je vais me retirer pour la soirée. Je vous verrai demain.

Elle sourit puis s'en fut souhaiter bonne nuit à sa cousine avant de quitter rapidement le salon. Elle ne voulait plus être là quand les hommes arriveraient.

Comme elle regagnait sa chambre, les baisers partagés plus tôt avec Edmund occupaient le cœur de ses pensées. Elle n'avait pensé à rien d'autre de tout l'après-midi. Au souper, ils étaient assis du même côté de la table, mais à quelques chaises d'écart, donc elle n'avait pas pu le voir. C'était sans doute pour le mieux, car elle ne croyait pas qu'elle aurait pu s'empêcher de le regarder toute la soirée.

Elle s'obligea à envisager l'idée de se remarier. Peut-être ?

Surtout s'il y avait des enfants qu'elle pourrait élever. Edmund n'avait pas d'enfant car il n'avait jamais été marié.

Pourquoi pensait-elle à se marier avec lui ? Il n'en avait pas parlé. Il lui avait simplement fait savoir qu'il souhaitait l'embrasser à nouveau. Il n'était peut-être intéressé que par une liaison le temps de leur séjour.

Cela serait-il… mal ?

Genie n'avait pas de réponse. Elle espérait en trouver une demain. Lady Clinton l'avait bien dit, le séjour était déjà à moitié écoulé.

Elle allait manquer de temps.

CHAPITRE 6

Quand Edmund était arrivé dans le salon après le souper la nuit précédente et qu'il avait découvert que Genie s'était déjà retirée, il eut peur d'avoir tout gâché. Pourtant, elle avait initié ce premier baiser et volontairement participé aux autres.

Heureusement, il l'avait vue au petit-déjeuner, et elle avait été charmante comme à son habitude. Elle s'était montrée un brin énigmatique. Ou peut-être Edmund cherchait-il des manières et des attitudes qui n'existaient pas. Parce qu'il voulait y voir le reflet de son attente, de son désir.

Ils avaient joué à des jeux de société plus tôt et se préparaient maintenant pour une marche jusqu'à la Swift, puisque le temps était plus sec. Après s'être rassemblés derrière la maison, les invités se groupèrent par affinité. Deux couples avaient l'air de s'être formés. Mrs. Fitzwarren et Sir Godwin, de même que Mrs. Sheldon et Lord Audlington, semblaient avoir créé des liens affectueux. Il restait à voir s'ils seraient durables.

Edmund garda les yeux fixés sur la porte, attendant que

Genie apparaisse. Il était si concentré qu'il ne vit pas Mrs. Makepeace l'approcher.

— Je suis si heureuse que le temps se soit éclairci et que nous puissions sortir, dit-elle.

— Effectivement.

Il lui sourit tout en essayant de maintenir un peu son attention sur la porte.

— J'attends la compétition de danse à venir. Juste quand je pense que Lady Cosford ne peut plus inventer de nouvelle activité, elle le fait.

Enfin, Genie sortit. Cependant, Mr. Sterling la suivait de près, et il était clair qu'ils s'étaient rencontrés à l'intérieur et étaient sortis ensemble. Mince.

— Sommes-nous tous prêts ? s'enquit Cosford de derrière son épouse. Sur le chemin, nous nous arrêterons à la nouvelle folie. Elle n'est pas tout à fait terminée, mais déjà bien avancée. Ensuite, nous continuerons jusqu'à la rivière, où nous prendrons quelques rafraîchissements. Ne vous perdez pas.

Il arbora un large sourire puis se tourna pour offrir son bras à Lady Cosford. Ils emmenèrent le cortège.

Edmund ne voyait pas comment il lui serait possible d'escorter Genie ainsi qu'il l'avait espéré. Résigné, il offrit son bras à Mrs. Makepeace.

— Merci, dit-elle en enroulant sa main autour de sa manche.

Ils traversèrent les jardins, qui avaient été dessinés par Capability Brown cinquante ans auparavant.

— J'aurais aimé voir ce jardin en été.

— Je l'ai vu, pas cette année cependant, mais c'est éblouissant.

Ils marchèrent en silence une bonne minute avant qu'elle ne lui demande :

— Appréciez-vous ce séjour ?

— Oui, et vous ?

— Plus que je ne m'y attendais, en fait.

— Et pourquoi cela ?

— J'avais peur d'être la plus jeune ici.

Mrs. Makepeace sourit.

— Je suppose que je le suis, mais je ne me sens pas exclue. Tout le monde a été marié avant.

Elle le regarda.

— Pas tout à fait tout le monde. Je veux dire les femmes. Vous n'avez jamais été marié, n'est-ce pas ?

— Je ne me suis pas marié, non.

— Et vous êtes venu ici parce que vous souhaitez changer cela, ou…

Elle laissa le reste de sa question en suspens.

Ou bien était-il là pour une rencontre galante ? Ou peut-être pour plusieurs rencontres. Il ne pensait pas que quiconque ici se conduirait comme cela, mais il avait des doutes sur Howell. Edmund choisit ses mots avec soin.

— Je n'ai jamais été opposé au mariage. Je n'ai juste pas encore trouvé la bonne personne.

— Il est remarquable que vous attendiez l'amour. J'espère que vous le trouverez.

Edmund soupçonnait qu'il l'avait déjà trouvé.

Il orienta la conversation vers les couleurs de l'automne, et bientôt ils arrivèrent à la folie. Dessiné pour ressembler à un temple grec en ruines, le bâtiment était peut-être à moitié terminé.

— Allez-vous y loger un ermite ? demanda bruyamment Lord Pritchard. En ce cas, peut-être que le jeune Dryden ici présent pourrait poser sa candidature.

Dryden était le gentilhomme le plus jeune de l'assemblée. Un peu timide, il venait d'hériter d'une fortune. Il était venu dans l'espoir d'éviter le Marché du Mariage de la Saison suivante, car il serait sans doute submergé d'attentions.

— Combien payez-vous ? demanda Dryden à Cosford.

— Pour vous ? Rien du tout ! répondit Cosford en riant. À vous de me payer !

Cette répartie suscita des gloussements et des éclats de rire.

Lady Bradford et Mr. Emerson rejoignirent Edmund et Mrs. Makepeace.

— J'étais en train de dire à Mr. Emerson que tous les gentilshommes célibataires présents devraient postuler pour la place d'ermite de Cosford, dit Lady Bradford en riant.

Emerson secoua la tête avec un petit rire.

— Et j'expliquais que ce n'est pas parce que nous ne sommes pas mariés que nous souhaitons vivre en solitaire dans une fausse ruine.

— Exactement, acquiesça Edmund. Qu'y aurait-il de drôle à cela ?

Il parcourut l'assemblée du regard et trouva Genie debout plus près de la folie. Elle était toujours avec Sterling, bon sang.

— Je me demande s'ils forment un couple, dit Lady Bradford, en se rapprochant d'Edmund alors qu'Emerson discutait avec Mrs. Makepeace.

Edmund n'était pas certain que la comtesse ait bien vu où se portait son regard. Il prétendrait que non.

— De qui parlez-vous ?

— La duchesse douairière et Mr. Sterling. Ne les regardiez-vous pas ?

Elle fit une brève pause avant de continuer et, heureusement, cela lui évita d'avoir à répondre à la question.

— Il semblerait que certains d'entre nous le font. Cela se comprend puisque nous sommes déjà à la moitié du séjour.

— Lady Cosford devrait se sentir fière de sa réussite, dit Edmund.

— Honnêtement, cette réunion est une idée brillante ; pas de demoiselles minaudant avec leurs mères étouffantes.

Lady Bradford rit.

— Je devrais faire attention. Je pourrais être une de ces mères étouffantes dans un futur pas si lointain.

Lord et Lady Cosford repartirent vers la rivière, et Edmund présenta à nouveau son bras à une femme qui n'était pas Genie. Il avait tenu une conversation avec Lady Bradford alors que Genie occupait son esprit en grande partie. Si l'objectif de ce séjour était de trouver une personne avec qui souhaiter passer du temps, de manière temporaire ou permanente, Edmund l'avait atteint.

Mais qu'en était-il de Genie ? Elle s'était retirée tôt la nuit dernière, et jusqu'à aujourd'hui, il n'avait pas eu l'occasion de lui parler. Regrettait-elle de l'avoir embrassé ? Il espérait que non. Ces baisers avaient été tout ce dont il avait rêvé, et plus encore.

Au bord de la rivière, une table avait été installée avec un assortiment de mets et de boissons. Edmund n'en avait que faire. Son but premier était de trouver Genie et de s'assurer qu'elle rentrerait à la maison à *son* bras.

Il prit soin de ne pas la rejoindre directement. En discutant avec d'autres personnes au passage, il se dirigea vers elle. De manière exaspérante, Sterling était *toujours* à ses côtés.

Mais heureusement, ses yeux brillèrent de plaisir au moment où elle vit Edmund. Il ne put s'empêcher de sourire en retour.

— Bonjour, Lord Satterfield, dit-elle.

— Bonjour, Duchesse.

Il jeta un regard à Sterling pour le saluer.

— Sterling. Je crois que Lady Bradford espérait s'entretenir avec vous.

Edmund ne savait pas d'où ce mensonge provenait et n'en avait cure.

Sterling se tourna vers Genie et prit sa main.

— Merci pour votre charmante compagnie. J'espère vous voir plus tard.

Il posa un baiser sur le dos de sa main, puis salua Edmund de la tête avant de s'en aller.

Edmund souhaita qu'il marche droit dans la rivière.

— Vous le regardez méchamment, chuchota Genie.

En cillant, Edmund reporta son attention sur elle.

— Ah oui ?

La bouche de Genie s'étira en un sourire rusé.

— Je crois que vous le savez bien. Lady Bradford voulait-elle vraiment lui parler ?

— Qui sait ?

Edmund haussa une épaule et se rapprocha d'un pas.

— Je suis sûr qu'elle en aura envie quand il arrivera près d'elle.

Il était soulagé que Genie ne lui tienne pas rigueur d'avoir éloigné Sterling. En fait, elle semblait flirter.

— Cela ne vous dérange pas qu'il soit parti ?

Elle secoua la tête.

— Comment était votre promenade avec Lady Bradford et Mrs. Makepeace ?

— Acceptable.

Les épaules de Genie tressaillirent.

— Et comment fut la vôtre avec Sterling ?

— Acceptable aussi.

Elle inspira.

— Non. Ce n'est pas juste. C'était plaisant, en réalité. Il est tout à fait charmant. Il a parlé de ses enfants.

— Mrs. Makepeace et Lady Bradford spéculaient toutes deux sur les couples qui pourraient ou ne pourraient pas se former. Lady Bradford a suggéré que Sterling et vous en seriez peut-être un.

Il ne posa pas la question, mais retint son souffle en espérant qu'elle allait nier.

— Je ne suis en couple avec personne, dit-elle, ce qui était à la fois une bonne et une mauvaise réponse.

Il la regarda dans les yeux, et dit d'une voix douce :

— J'espérais au contraire que vous l'envisageriez.

Elle pencha la tête légèrement et approcha sa bouche de son oreille. Quiconque regarderait dans leur direction aurait l'impression qu'ils avaient une conversation intime. Et en effet, c'était le cas.

— Je peux être tentée par une petite… gâterie cette semaine, mais cela ne signifie pas que je suis en couple.

Son cœur s'emballa. Voulait-elle dire…?

— Si cela vous intéresse, je suis très tenté par une gâterie.

Ses yeux s'agrandirent presque imperceptiblement, et il voulut s'expliquer.

— Avec vous. Et uniquement vous.

— Je vois.

Sa langue apparut et humecta ses lèvres. Edmund durcit alors complètement et orienta son corps vers la rivière.

— N'allez-vous pas venir prendre un rafraîchissement ? demanda Lady Cosford qui s'approchait. Venez, il y a une bière spéciale que Cosford fait faire au brasseur.

Elle fit un grand sourire, et ils n'eurent pas d'autre choix que de la suivre. Faire autrement aurait été grossier.

Si ce n'est qu'Edmund devait composer avec une érection importune.

— J'arrive tout de suite. Je veux juste profiter de la rivière un instant.

— C'est une vue magnifique, dit Genie. Nous étions justement en train d'en discuter.

Et certainement pas du fait qu'ils voulaient tous les deux avoir une aventure. C'est bien ce qu'elle avait sous-entendu, n'est-ce pas ? Mon Dieu, il l'espérait.

Lady Cosford acquiesça.

— Nous aimons beaucoup passer du temps ici. Ai-je mentionné qu'il y a des gâteaux à la lavande ? Je sais à quel point tu les apprécies, Genie.

— En effet.

Elle s'empara du bras de sa cousine et lança un long regard à Edmund avant de partir.

Edmund expira quand son corps finit enfin par répondre aux exigences de son esprit. Plus tard, il aurait plus d'occasions pour se laisser aller. Il l'espérait.

Il était quasiment certain que Genie avait sous-entendu qu'elle souhaitait entamer une liaison. Mais était-ce tout ? Il voulait plus que cela.

Patience.

Oui, patience. Il avait déjà attendu longtemps, et elle le valait bien.

~

Quand l'horloge de la chambre de Genie afficha une heure, elle estima qu'il était assez tard pour sortir. Elle hésita en quittant sa chambre. Et s'il n'était pas encore remonté ? Jusqu'à quelle heure un gentilhomme restait-il debout ?

Elle aurait dû arranger cela avec lui !

Mais elle n'avait pas voulu s'engager. Elle avait eu trop peur de changer d'avis. Même maintenant, elle était indécise.

Vas-y. Tu en as envie. Et il n'y a rien de mal à en avoir envie. \À avoir envie de lui.

Elle prit une grande inspiration et se remémora le chemin vers la chambre d'Edmund. Elle avait étudié le plan avec une telle intensité qu'il lui était impossible d'oublier où cette pièce se situait. Heureusement, il était dans la même aile de la maison. Elle espérait simplement ne rencontrer personne en chemin.

De ce fait, elle marcha rapidement et se retrouva devant sa porte bien plus tôt qu'elle ne l'avait prévu. À nouveau, elle hésita.

Tu es venue jusque là. Ne t'arrête pas maintenant.

Elle leva la main pour frapper à la porte. Et si son valet répondait ?

Glacée d'horreur, elle faillit repartir. Mais la pulsation insistante entre ses jambes la maintint en place. Pendant tout le souper et la compétition de danse scandaleusement divertissante qui avait suivi, elle l'avait regardé ; et réciproquement. Il semblait s'établir une communication silencieuse, un désir grandissant entre eux.

Et si elle avait tort ?

Frappe. À. La. Porte.

Genie cogna vivement sur le bois avant de pouvoir se convaincre de ne pas le faire.

Ensuite elle ferma les yeux très fort et pria pour que ce soit lui, et seulement lui, qui ouvre la porte.

Mon Dieu, et s'il avait une autre *invitée* ?

Elle commençait à se détourner quand la porte s'ouvrit. Elle pivota la tête rapidement vers la pièce et s'aperçut que ce n'était qu'Edmund.

La surprise traversa son regard, et il ouvrit la porte plus largement.

— Dieu merci, c'est vous. Entrez.

Elle ne bougea pas immédiatement. Il prit sa main et l'attira gentiment à l'intérieur, puis ferma la porte derrière elle.

Il lui fit un sourire d'excuses.

— Je ne crois pas que vous souhaitiez être vue dehors. Au cas où quelqu'un passerait par là.

— Non, je n'aimerais pas. Merci. Je suis désolée. Je… Je ne sais que dire. Ou faire. Ou… quoi que ce soit.

— Pourquoi ne pas commencer par « bonsoir » ?

Il pressa sa main.

— Bonsoir, Genie. Je suis ravi de vous voir. Surpris, mais ravi.

— L'êtes-vous vraiment ? Surpris, je veux dire. Je pensais…

Elle expira.

— Je ne sais pas ce que je pensais. Mes pensées changent à chaque instant.

Il prit son autre main et la regarda dans les yeux.

— Pourquoi ne nous asseyons-nous pas pour discuter ? Puis-je vous offrir un brandy ? Un porto ? Un madère ?

— Vous avez tout cela ici ?

— Non, mais je pourrais aller en chercher.

— Ce ne sera pas nécessaire. Je prendrai ce qu'il y a sur place.

Il hocha la tête.

— Voudriez-vous vous asseoir près du foyer ?

Il désigna un petit divan placé devant le feu qui flambait doucement.

— Oui, merci.

Genie s'assit, les jambes tremblantes de nervosité. Elle tourna la tête pour voir où il était parti servir les boissons. Le lit, placé contre le mur à l'opposé du foyer, était oppressant et intimidant.

C'était une erreur.

Non, ce n'en est pas une. Assieds-toi.

Genie s'affaissa sur le divan et se dit qu'elle était complètement ridicule. Elle était aussi inquiète qu'une jeune mariée. En repensant à sa nuit de noces, elle essaya de se souvenir si elle avait été aussi nerveuse. Non, pas autant.

Alors pourquoi l'était-elle maintenant ? Était-ce parce qu'ils n'étaient pas mariés ? Ou peut-être n'était-ce pas vraiment de la nervosité mais plutôt de l'excitation.

Edmund apparut devant elle.

— Tenez, c'est du brandy.

Il lui tendit un verre, et elle remarqua ce qui lui avait échappé dans le brouillard de son appréhension. Il portait une culotte et une chemise, laquelle était ouverte et révélait la toison sombre de son torse ; probablement plus fournie que sa chevelure, ce qu'elle trouva amusant de façon absurde, preuve de son état présent d'apparente démence.

Il s'assit à côté d'elle sur le divan et sirota son brandy.

— Pour répondre à votre interrogation, oui, je suis véritablement surpris de vous voir ici.

Genie but une gorgée pour calmer ses nerfs, comme si cela était possible.

— Vous avez clairement fait savoir que vous étiez intéressé par une liaison. Je n'y suis pas… indifférente.

Il rit doucement.

— J'aurais espéré plus d'enthousiasme.

Elle rougit.

— Je suis enthousiaste. Je suis aussi nerveuse.

Elle prit une plus grande gorgée de son brandy.

— Je pensais participer à une banale partie de campagne. Quand j'ai appris qu'elle était destinée à permettre à des veuves de rencontrer des messieurs pour se remarier ou simplement prendre du bon temps, j'ai voulu partir. Mais le temps s'en est mêlé et je n'ai pas pu. Et je vous ai rencontré.

Elle plongea son regard dans le sien.

— Je ne m'attendais pas…

Elle ne savait pas quoi dire ensuite.

— Vous ne vous attendiez pas à être attirée par moi ? demanda-t-il plein d'espoir.

— Oui. Je m'attendais à n'être attirée par personne.

Elle jeta un regard en direction du feu.

— J'aimais profondément mon mari. Il me manque terriblement et je suppose que cela perdurera.

Il y eut un long silence avant qu'il ne l'interroge.

— Est-ce que vous vous demandez s'il y a de la place pour quelqu'un d'autre dans votre avenir ?

Elle posa à nouveau son regard sur lui.

— Oui. Précisément. Je ne m'attends pas à retrouver l'amour.

Il eut un sourire triste.

— Eh bien, ceci est plutôt démoralisant ; pour vous comme pour moi.

Seigneur, il espérait... quelque chose, apparemment. Elle se pencha et posa une main sur la sienne.

— Pourquoi êtes-vous venue me voir ce soir ? demanda-t-il.

Un frémissement la parcourut. Elle se redressa, mettant de côté ses incertitudes. Si elle était honnête avec elle-même, elle savait ce qu'elle voulait.

— Parce que depuis que nous nous sommes embrassés hier, je ne pense à rien d'autre.

Elle secoua la tête.

— Non, c'était même avant cela. En vous regardant interpréter Shakespeare, j'ai été émue par la profondeur de votre émotion. Il y a quelque chose en vous que je trouve irrésistible. Toute la matinée, alors que je marchais vers la rivière avec Sterling, je vous ai observé avec Mrs. Makepeace et Lady Bradford. J'ai réfléchi à comment je pourrais les évincer et prendre leur place. Ce soir au souper, j'étais frustrée que nous ne soyons pas placés côte à côte. Et puis il y a eu la compétition de danse. Et j'étais encore plus contrariée que nous n'ayons jamais dansé ensemble. Donc me voici.

Ses yeux étincelèrent de chaleur et de gaieté.

— Duchesse, je suis stupéfait. Et flatté. Mais plus que tout, je suis réconforté. Nous voici, deux personnes attirées l'une par l'autre ; et engagées, car je ressens la même chose pour vous. Seuls. Dans une chambre à coucher. Qu'allons-nous faire de cette situation ?

Il la regarda d'une manière si provocante ; il la dévorait des yeux, partant de son visage pour descendre le long de son corps.

Enhardie, elle lui prit son verre et se leva, déposant les deux sur le manteau de la cheminée. Puis elle se tourna pour lui faire face et déboutonna sa robe de chambre. De manière surprenante, ses doigts tremblaient à peine.

Genie retira le vêtement et le posa sur le dos du divan. Puis elle posa un genou sur le divan et se pencha vers lui.

— Dois-je rester ?

Ses yeux s'assombrirent à en devenir presque noirs.

— Oui, s'il vous plaît.

Les mots, forts et intenses, résonnèrent au fond du ventre de Genie.

La main appuyée sur le dos du divan, elle baissa la tête et l'embrassa, sa bouche effleurant gentiment la sienne. Ils batifolèrent un moment, leurs langues et leurs lèvres se poursuivant et se taquinant, se touchant puis se retirant.

Il leva une main pour saisir sa nuque. Il rapprocha sa tête vers lui, joignit leurs lèvres et plongea sa langue dans sa bouche, la dévorant comme il l'avait fait avec son regard. Elle palpitait d'excitation. Cela faisait si longtemps qu'elle n'avait pas ressenti de telles émotions.

Il plongea ses doigts dans sa chevelure, qui reposait en une lourde tresse dans son dos. Elle se serra contre lui, écrasant ses seins contre sa poitrine. Il promena son pouce le long de son oreille pendant qu'il l'embrassait en longues, profondes caresses de sa langue contre la sienne. Elle posa son autre main sur son épaule, s'agrippant à lui pendant que des vagues de désir déferlaient sur elle.

La chaleur de son corps traversait le linon de sa chemise. Elle bougea sa main vers le haut et la passa sous le tissu. La sensation de sa peau contre la sienne était plus qu'excitante. Elle en voulait plus, elle avait besoin de plus.

Il saisit sa taille et la poussa contre l'autre extrémité du divan, renversant quelque peu leurs positions. Dressé au-dessus d'elle, il la regarda avec une convoitise non voilée.

— Genie, je n'ai jamais désiré une autre femme autant que vous. Cela vous effraie-t-il ? Moi, cela m'effraie.

Elle n'avait pas peur. Pas de lui. Pas de cela. Elle secoua la tête et leva sa main.

— Venez à moi, Edmund.

Il s'empara du bord de sa chemise de nuit et la remonta jusqu'à sa taille. Elle souleva les hanches, et ensemble ils se débarrassèrent du vêtement. Quand elle reposa nue devant lui, elle ne put s'empêcher de se demander si elle allait lui suffire. Elle n'était plus toute jeune.

Il émit un sifflement aigu.

— Tu es si magnifique. Parfaite, en réalité. Tu permets que je te tutoie ?

Elle laissa échapper un rire tremblant.

— Oui. Mais pour ce qui est de ma beauté, cela peut diffi-cilement être vrai.

Les yeux fixés sur elle, il prit un de ses seins dans le creux de sa main.

— C'est pourtant vrai. Pour moi, tu es parfaite en tout point.

Il fit glisser son pouce sur son mamelon, provoquant une explosion de sensations dans son sexe.

Elle rejeta la tête en arrière et ferma les yeux, s'abandon-nant à son toucher.

— Oui...

Elle n'avait jamais hésité à demander ce qu'elle voulait ou à initier ce qu'elle désirait.

Il répéta l'action sur son autre sein, le pressant puis tortillant légèrement le mamelon.

Elle gémit doucement

— J'en veux plus.

Alors il la pinça. Elle sursauta, son corps se soulevant du divan, et elle poussa un cri. Il referma sa bouche sur elle, et la titilla de ses lèvres et de sa langue avant de sucer son téton avec intensité. Genie posa les mains sur sa tête et le maintint en place. Il pressa son autre sein, lui procurant un spasme de désir qui afflua vers son entrejambe. Ses lèvres remuèrent de leur propre volonté, avides de ses baisers.

Il sembla comprendre qu'elle voulait que sa main descende le long de son buste et de son ventre, que ses doigts caressent sa chair sur le chemin qui menait en haut de ses cuisses. Il toucha son sexe, et sa main pressa gentiment son pubis avant qu'un doigt ne se glisse entre ses lèvres. Il tira fort sur son mamelon quand il poussa son doigt en elle. Genie se souleva, haletante, et accompagna son entrée. Il leva la tête et l'embrassa à nouveau, inhalant ses gémissements quand il fit bouger rythmiquement ses doigts en elle.

Elle se tortilla, ses hanches se soulevant à chaque caresse. Puis sa bouche disparut de la sienne. Il embrassa sa mâchoire et sa gorge, la lécha et la mordilla en redescendant vers ses seins, puis plus bas.

Non, il n'allait pas… Si, il allait le faire. Il lécha son clitoris, puis le suça, envoyant des éclairs de plaisir au plus profond d'elle. Elle prit sa tête et résista à l'envie de se laisser aller. Pas encore.

Mais il continua ses efforts sans pitié. Sa bouche et ses doigts entraient et sortaient d'elle, lui faisant atteindre des pics de désirs dont elle ne se souvenait pas. Elle cria quand les sensations la submergèrent. Il lécha son intérieur, poussa sa langue profondément dans son sexe, et l'intensité de son orgasme la fit basculer dans les ténèbres. Son corps trembla quand ses muscles se crispèrent. Elle cria encore et encore, incapable de revenir à elle alors qu'elle chutait à travers le temps et l'espace.

Il ne s'arrêta pas avant qu'elle émerge de l'obscurité. Alors il l'enleva dans ses bras et la porta sur le lit. Elle réussit à récupérer suffisamment pour se remettre à genoux sur le lit. Elle tendit les mains vers lui et sortit sa chemise de sa culotte. Il leva les bras pour qu'elle puisse la passer au-dessus de sa tête.

Maintenant qu'il était exposé à sa vue, elle reconnut qu'il était aussi musclé que les autres convives l'avaient mentionné. Une toison sombre s'étalait au centre de sa poitrine et autour de ses mamelons. Il était la chose la plus masculine qu'elle ait jamais vue, ou sentie. Elle laissa ses mains le parcourir, savourant sa fermeté et sa chaleur. Elle effleura sa poitrine de ses paumes, saisit sa nuque et attira sa tête pour pouvoir l'embrasser.

Elle se goûta sur ses lèvres, ce qui alimenta son désir. Combien de temps durerait cette nuit ? Pas assez longtemps, supposa-t-elle. Pas pour l'explorer comme elle le souhaitait et le laisser l'étudier.

Il commença à déboutonner l'avant de son pantalon, mais elle abaissa les mains et poussa les siennes pour se charger de la tâche. Quand sa culotte fut desserrée, elle la descendit le long de ses hanches. Il l'aida alors, et elle l'y autorisa, car cela signifiait qu'elle pouvait le toucher. Elle entoura son manche d'une main. Doux comme du velours et dur comme de la pierre, elle le caressa des bourses jusqu'au gland. La tentation de le prendre dans sa bouche était forte, mais elle avait encore plus envie de le sentir en elle.

Elle chuchota contre son oreille :

— Dois-je m'étendre sur le dos ? Ou plutôt toi ? Ou dois-je me mettre à genoux ?

Il grogna sa réponse :

— Tu dépasses l'imagination. Oui, oui et oui. Je veux me plonger en toi jusqu'à ne plus savoir où je finis et où tu commences. Demain matin, je ne me souviendrai pas de comment je me sentais sans toi, et je ne le souhaiterai pas.

Ses mots l'enflammèrent. Elle continua à le travailler avec sa main, lui arrachant un nouveau grognement.

— Genie, regarde-moi.

Il lui prit la tête dans le creux de ses mains.

— Que veux-tu, toi ?

— Oui... Je te veux en moi. Maintenant. Peu m'importe la manière.

Elle déplia ses jambes et s'assit sur le couvre-lit, s'installant au bord du lit pour pouvoir positionner la pointe de sa queue contre son sexe.

— Et maintenant, prends-moi.

Il plissa les yeux et la repoussa à plat dos sur le lit. Puis il la fit remonter sur le matelas pour pouvoir grimper sur elle. Elle ferma les yeux quand ses doigts caressèrent ses lèvres et son clitoris, alimentant son désir.

Son chibre poussait contre elle.

— Regarde-moi, Genie.

Elle ouvrit les yeux.

— Dis-moi que tu le désires.

— Oui. C'est ce que je veux. Je *te* veux.

CHAPITRE 7

*E*dmund ne voulait pas que cet instant s'achève. Depuis le début du séjour, il s'était autorisé à espérer qu'un rêve mort depuis longtemps puisse réellement s'accomplir. Maintenant que c'était arrivé, il était ému et bouleversé. Qu'elle, sa déesse, soit finalement près de lui faillit l'achever.

Une main sur le côté de sa tête, il s'introduisit en elle, glissant loin à l'intérieur. Un son profond et voluptueux jaillit de sa gorge quand il la sentit l'accueillir en se serrant autour de lui. Même s'il vivait jusqu'à cent ans, il n'y aurait jamais un autre moment comme celui-ci. Et il ne le souhaitait pas. C'était tout ce dont il avait toujours rêvé et plus encore.

Le moment se figea dans son esprit : ses cils sombres effleurant ses joues quand elle ferma les yeux d'extase. Ses lèvres roses s'entrouvrirent et un petit gémissement s'échappa de sa bouche. Elle était la chose la plus magnifique qu'il ait jamais vue. Et elle était à lui.

Edmund se mut en elle, s'enfonçant puis se retirant, lentement et méthodiquement au début, et leurs corps s'habituèrent l'un à l'autre. Ils se complétaient parfaitement, du moins dans son esprit. Elle se soulevait pour aller à sa rencontre, leurs corps trouvant un rythme divin.

Elle enroula ses jambes autour de lui et ses mains agrippèrent le bas de son dos.

— Oui, oui, murmurait-elle encore et encore. Plus vite, je t'en prie.

Il s'exécuta, plongeant en elle plus rapidement. Il voulait que cela dure toujours, mais il savait que c'était impossible.

— Genie, murmura-t-il, envahi par le désir et l'émotion.

Il l'embrassa, leurs langues et leurs râles se mélangeant tandis que leurs corps bougeaient à l'unisson.

Subitement, ses muscles se crispèrent et elle hurla. Elle enfonça les pieds dans le bas de son dos et son sexe se resserra sur le sien. Ses couilles se contractèrent et il retint son orgasme à grand-peine.

— Dois-je me retirer ? réussit-il à demander.

Il avait pensé à régler cette question au préalable, mais il avait été plutôt distrait.

— Non, dit-elle d'une voix éraillée. Viens, Edmund. Jouis avec moi.

C'était tout l'encouragement dont il avait besoin. Il plongea en elle encore quelques fois alors que son orgasme enflait. Puis il bascula dans le précipice, cria son nom et se répandit en elle.

Il n'avait aucune notion du temps écoulé avant de bouger à nouveau. Elle l'étreignait tendrement, promenant ses lèvres sur sa bouche et sur ses joues. Il l'embrassa doucement avant de se retirer de son corps et de rouler sur le côté. Quand il reprit son souffle, il rabattit le couvre-lit, et l'installa dessous avant de l'y rejoindre.

Il la prit dans ses bras et posa un baiser sur sa tempe.

— Ce fut merveilleux.

— Oui, ce fut assez… délicieux.

Elle embrassa sa gorge et se blottit contre lui.

— Je n'aurais jamais pensé retrouver cela. Pas une nouvelle fois.

Il savait qu'elle avait aimé Kendal, avant même qu'elle ne lui en parle. Il imaginait également qu'il devait être difficile de continuer à vivre sans lui. Il essaya de penser à ce qu'il ferait s'il la perdait. Non, ce n'était pas la même chose. Ils n'étaient pas mariés. Ils n'étaient pas amoureux.

Autant qu'il sache.

Bien sûr, il avait nourri des sentiments pour elle long-temps auparavant. Il n'avait jamais imaginé qu'il aurait l'op-portunité de les explorer ou qu'elle pourrait l'aimer en retour. Et il avait toujours du mal à y croire.

— Je suis touché que tu partages cela avec moi.

Elle se recula pour lui faire face.

— Comment se fait-il que tu ne sois pas marié ? Tu es aimable et charmant. Intelligent, beau, très expérimenté en arts charnels...

— En arts charnels ?

Il rit puis l'embrassa.

— C'est formidable.

— Que pourrais-je dire d'autre ? Tu as une bouche talen-tueuse ? Entre autres choses ?

Elle rougit, puis s'esclaffa.

— Je te jure que je ne suis pas prude. Mais cela faisait un certain temps et, comme je l'ai dit, je n'envisageais pas de reprendre cette activité. Et encore moins d'en profiter autant.

Elle blêmit.

— Est-ce mal ?

Il l'embrassa bruyamment.

— Non. Ton époux aurait sûrement souhaité que tu continues à vivre, que tu trouves à nouveau le bonheur. J'au-rais voulu cela pour ma femme.

— Jérôme le voulait. En fait, il me l'avait fait promettre.

Elle le regarda intensément.

— Tu n'as pas répondu à ma question. Pourquoi n'es-tu pas marié ?

Edmund ne pouvait pas se résoudre à lui dire la vérité. Parce que c'était une vérité qu'il n'avait jamais admise, et qu'il n'acceptait toujours pas. Pas entièrement.

— Je n'en ai jamais ressenti l'envie. Tu es tombée amoureuse de Kendal, n'est-ce pas ?

À son hochement de tête, il continua :

— Je n'ai pas eu la chance de tomber amoureux de quelqu'un et d'être aimé en retour.

— J'en suis désolée.

Son front se plissa, et elle le regarda avec une compassion sincère, mais pas avec pitié. C'était différent.

— Tu es venu à cette réunion en pensant changer cela ?

— Oui. Autant ma mère me harcèle pour que je me marie et que j'engendre un héritier, autant elle a raison. C'est mon devoir. Il est peut-être temps que j'oublie mes rêves romantiques et que j'arrête de croire à un mariage d'amour.

— Il ne vient pas toujours. Ma sœur aînée méprise son mari. Ils n'ont pas dormi dans le même lit depuis vingt ans. Il a une maîtresse depuis longtemps et dernièrement, ma sœur a *enfin* pris un amant de son côté. J'en suis heureuse pour elle mais, malgré tout, c'est une triste situation.

— Je suppose que c'est ce que j'ai voulu éviter. Je crains qu'un mariage sans amour ne me soit insupportable, devoir ou pas.

Elle le regarda avec tant de chaleur que son cœur gonfla dans sa poitrine.

— Tu as vraiment des rêves romantiques, n'est-ce pas ?

Il rit.

— Ma mère me traite d'incorrigible romantique et voit cela comme un désavantage.

— Je ne suis pas d'accord. Toute femme ayant assez de

chance pour tomber amoureuse de toi sera excessivement heureuse.

Edmund ne put s'empêcher de noter qu'elle ne parlait pas comme une femme qui pourrait être amoureuse. Mais il était sans doute trop tôt pour cela, du moins pour elle.

— C'est gentil de ta part.

Elle grimaça.

— Je ne t'aide pas à trouver une épouse. Je te distrais. Je n'aurais pas dû venir cette nuit.

Il entoura son visage de ses mains.

— Non. Tu es la seule femme ici qui m'intéresse.

Quelque chose, de la compréhension peut-être, dansa dans son regard.

— Tu veux un héritier ?

— C'est mon devoir, dit-il simplement.

Il imaginait vouloir des enfants, il appréciait ses nièces et neveux.

— Nous en avons peut-être fabriqué un ?

Il lui fit un clin d'œil.

Ses yeux s'agrandirent et ses sourcils descendirent bas sur son front quand elle recula. Elle s'assit brusquement et remonta le couvre-lit sur sa poitrine.

— Ce n'est pas possible, je ne peux pas avoir d'autre enfant.

Edmund s'assit avec elle. D'autre ? Elle avait eu des enfants ? Il ne se souvenait pas, sans doute parce qu'il avait soigneusement évité de s'intéresser à son mariage bien qu'étant ami avec son mari.

— As-tu des enfants ? Je n'étais pas au courant.

— J'ai eu une fille, dit-elle doucement, le regard fixé sur la cheminée. Eliza. Elle est morte à trois ans.

— Parle-moi d'elle.

Les yeux de Genie s'illuminèrent.

— Elle était brillante et drôle, si prompte à rire. Elle

adorait suivre son grand demi-frère partout. Titus était si gentil avec elle. Il lui lisait des histoires, surtout quand elle est tombée malade.

Son expression s'assombrit, et Edmund caressa gentiment sa colonne vertébrale avec ses doigts.

— J'en ai perdu trois autres ensuite – bien avant la naissance – et je ne suis plus tombée enceinte pendant les cinq dernières années de mon mariage. Le médecin dit que je ne suis plus fertile.

Il fronça les sourcils.

— Les médecins peuvent se tromper.

Elle ramena son regard sur lui.

— J'ai abandonné depuis longtemps l'espoir d'avoir d'autres enfants et je te demanderais de ne pas en parler. Ce n'est pas agréable.

Inquiété par l'évidence de son chagrin, il prit sa main.

— Je ne voulais pas être cruel.

— J'ai quarante-deux ans, Edmund, dit-elle à voix basse. Je ne peux pas te donner d'héritier.

Il aurait aimé pouvoir dire qu'il n'en voulait pas, qu'il n'en avait pas besoin. Mais le fait restait qu'il devait faire son devoir. Troublé, il caressa sa main avec son pouce.

Elle prit une profonde inspiration et le regarda.

— Je dois te dire que perdre ma fille fut encore plus douloureux que de perdre Jérôme. Il me manque terriblement mais tu m'as montré qu'il y a une vie après lui. Mon beau-fils, Titus, m'a montré que je pouvais être une mère, même si l'enfant n'est pas de mon sang. Si je me remarie, j'aimerais avoir la chance d'être une mère pour les enfants de mon époux.

Ses mots le déchirèrent. Elle ne voulait pas se marier, du moins pas avec lui. Avoir touché son rêve du doigt et le voir s'effondrer devant lui, au cours de la même nuit, était un coup qu'il n'avait pas vu venir.

Edmund se retourna et se leva du lit. Il marcha lentement jusqu'à l'armoire et en sortit son peignoir. Il en enroba son corps refroidi, noua la ceinture et se retourna. Elle avait aussi quitté le lit et s'était dirigée vers le divan, où elle avait couvert sa silhouette exquise de sa chemise de nuit.

Elle mit ses pieds dans les mules qu'elle avait quittées à un moment donné, puis remit sa robe de chambre. Il voulait l'arrêter, lui demander de rester. Il avait escompté une nuit entière de découverte mutuelle de leurs corps, de plaisir partagé et d'abandon paradisiaque.

Mais cela ne se produirait pas. Pas après la confession de leurs vérités désolées.

Pourtant, ils avaient partagé une merveilleuse expérience. Il alla se placer devant elle alors qu'elle finissait de boutonner sa robe de chambre. Plusieurs mèches de cheveux s'étaient échappées de sa natte et bouclaient délicatement le long de ses joues et de ses tempes.

Il toucha une de ces boucles et lui fit un demi-sourire.

— Cette soirée fut extraordinaire. Il reste deux nuits. Je m'estimerais heureux si tu acceptais de les passer avec moi.

Elle le regarda longuement, ses lèvres s'entrouvrirent.

— Je ne sais pas. Cette nuit fut… exceptionnelle. J'en chérirai toujours le souvenir.

Elle posa une paume sur sa joue et se dressa sur la pointe des pieds pour l'embrasser.

Edmund l'entoura de ses bras pour la rapprocher de lui. Il réclama sa bouche et glissa sa langue contre la sienne, en espérant lui rappeler comme ils allaient bien ensemble, comme ils étaient bien.

Quand il la relâcha, elle haletait. Elle plongea son regard dans le sien avec intensité pendant un long moment.

— Bonne nuit, Edmund.

— Bonne nuit, Genie.

Elle se tourna et il la suivit, ouvrit la porte puis la referma après l'avoir regardée partir. Il faillit la suivre pour la supplier de revenir. Non, il voulait la supplier de revenir sur ce qu'elle désirait. N'y avait-il aucun moyen pour qu'elle veuille de lui ? Pas seulement maintenant, mais pour toujours ?

Il ne voyait pas comment, pas si elle voulait élever des enfants. Il n'en avait pas, et apparemment, elle ne pouvait plus en avoir.

Il mit très longtemps à s'endormir.

~

*A*u petit-déjeuner le lendemain matin, Lord Cosford avait annoncé qu'ils pourraient monter à cheval l'après-midi si le temps restait sec. Cela avait provoqué une vague d'excitation. Maintenant, alors qu'ils s'étaient quasiment tous rassemblés dans le salon après le petit-déjeuner, il régnait une certaine tension, comme si personne ne pouvait attendre pour sortir.

Ou bien il s'agissait simplement de l'agitation interne de Genie. Elle avait à peine dormi après avoir rendu visite à Edmund la nuit précédente.

Elle trouva son regard à travers la pièce. Elle avait discrètement gardé un œil sur lui toute la journée, et il semblait qu'il avait fait de même. À chaque fois que leurs yeux se croisaient, elle détournait le regard. En faisait-il autant ? Et allaient-ils s'éviter pendant le reste du séjour ? Demain serait le dernier jour entier, donc elle supposait que c'était possible.

C'était aussi sans doute pour le mieux. Alors pourquoi se sentait-elle triste ?

Elle se dirigea vers une table dans un coin de la pièce pour prendre un biscuit sur une assiette. Il ne manquait jamais de nourriture ou de boisson à Blickton.

— Très bon choix. Ce sont mes préférés.

La voix d'Edmund envoya des frissons de plaisir le long de sa colonne vertébrale.

Genie se tourna pour lui faire face alors qu'il prenait un des biscuits.

— Ce sont mes préférés, à moi aussi. Mais j'aime tout ce qui est à la lavande. Et au citron.

Ces biscuits alliaient les deux parfums.

La poitrine de Genie enfla de le voir d'aussi près, puis se contracta brutalement. Même si elle chérirait cette nuit, elle ne pouvait s'empêcher de penser qu'il aurait été mieux qu'elle n'ait pas eu lieu.

— Je voulais m'excuser, dit-elle doucement.

Ses sourcils sombres se rejoignèrent sur son large front.

— Pour quoi ?

— Pour la nuit dernière. Je n'aurais pas dû venir dans ta chambre. C'était mal avisé de ma part.

Ses traits se détendirent, et un coin de sa bouche se releva brièvement.

— Je pensais que c'était plutôt judicieux au contraire, murmura-t-il.

Elle prit une profonde inspiration pour combattre son rougissement.

— Nous aurions dû en discuter au préalable. Je ne voulais pas t'amener à...

L'amener à quoi ?

— Peu importe. Je n'ai pas réfléchi du tout.

Pas à lui, en tout cas. Elle avait pensé à *ses* propres désirs, *ses* propres appréhensions, juste à elle.

— J'ai été égoïste.

— Mon corps serait d'un avis différent, dit-il avec ironie.

Bien qu'elle apprécie son sens de l'humour, elle n'était pas sûre qu'il soit bienvenu à cet instant. Pas alors qu'elle essayait de s'excuser pour ce qui était devenu une nuit inoubliable.

— Oui, c'était agréable. Cependant, tu dois admettre la vérité : tu as besoin d'un héritier. Je ne peux pas te le donner.

— Mon cousin, maintenant décédé, a eu un fils. Il est encore très jeune, mais il héritera si je n'ai pas d'enfant. Je ne les connais pas du tout, ni lui, ni sa mère. Cependant, peu importe si j'ai un héritier, il semble que tu préfères un mari qui ait déjà des enfants.

Sa poitrine se serra.

— Je ne sais même pas si je veux me remarier.

— C'est un vrai casse-tête.

Son ton était calme et peut-être triste.

— Je comprends bien. Cela ne change rien, toutefois, au fait que j'ai apprécié la nuit dernière. Ou au fait que j'aimerais recommencer.

Elle ramena vivement son regard sur lui.

— S'il te plaît, ne dis pas cela.

Parce qu'elle le voulait aussi. Pourtant, cela n'avait pas d'intérêt, à part celui de causer du chagrin.

— Pourquoi ? Est-ce mal de rechercher le plaisir ? De vouloir profiter l'un de l'autre ?

Avant qu'elle ne puisse répondre, Lord Rotherham les rejoignit. Grand, avec des cheveux blonds et des yeux vert brillant, le comte demanda quel biscuit il devait choisir.

Edmund désigna celui qu'ils préféraient tous les deux.

— Celui-ci. À moins que vous ne souhaitiez essayer quelque chose de moins délicieux, de peur de trop l'apprécier.

Il lui lança un regard irrité avant de quitter la table et de la laisser seule avec Rotherham.

S'apercevant qu'elle jetait un regard noir à son dos, elle cilla et lissa son expression avant de porter son attention sur le séduisant comte. Il lui adressa son sempiternel sourire en coin avant de grignoter le biscuit.

— Oh, c'est bon, dit-il la bouche pleine.

Il déglutit.

— J'adore le citron. Acide et sucré en même temps. Je crois que c'est ce qu'Howell dit rechercher chez une femme.

— Et vous, que recherchez-vous ? demanda Genie, flirtant à dessein.

Elle avait deux raisons. Primo, éviter que quiconque pense qu'Edmund et elle formaient un couple. Il y avait eu quelques murmures, et elle voulait les étouffer dans l'œuf. Elle ne voulait être reliée à personne. Secundo, dissuader Edmund de continuer une relation entre eux. La nuit précédente avait été merveilleuse, mais c'était une occasion unique qui ne serait pas répétée.

— Je suppose qu'il n'y a pas de mal à une saveur acide et sucrée, mais je préférerais un goût épicé.

Il la regarda avec des yeux légèrement plissés.

— Comment décririez-vous votre goût pour les gentilshommes ?

Son regard s'envola involontairement vers Edmund. Elle n'avait pas vraiment envie de répondre à cette question. Heureusement, ils furent rejoints par Mr. Sterling.

— Nous discutions des biscuits, dit Genie. J'aime la saveur lavande et citron. Avez-vous une préférence ?

— L'amande. La lavande est abominable.

Sterling fit une grimace en attrapant un biscuit à l'amande.

— Ma fille aînée serait d'accord avec vous. Nous discutons souvent de la véritable utilité de la lavande. Pour moi, c'est uniquement une odeur. Comme goût, c'est atroce. Elle me contredit continuellement.

Rotherham rit en prenant un des biscuits citron-lavande.

— On dirait mes filles. Il m'arrive de penser qu'elles aiment me contredire juste pour être contrariantes.

— Oui ! acquiesça Sterling, ses yeux bleu sombre brillants de gaieté.

Genie ne joignit pas son rire aux leurs. Comment pourrait-elle quand elle donnerait tout pour avoir une fille contrariante.

— Elles semblent toutes charmantes.

— Votre fils est adulte maintenant, mais il a certainement été difficile à un moment ? demanda Sterling avant de mordre dans son biscuit à l'amande.

— Mon beau-fils, oui.

Titus avait été un affreux débauché pendant quelques années avant que son père ne meure. C'était assez différent de se disputer au sujet de plantes.

— Je pense que ce n'est pas évident d'être parent.

Une tâche difficile qui apportait à la fois de la joie et de la peine. Elle n'abandonnerait jamais ses trois années avec Eliza, même si elle avait su la douleur qu'elle endurerait.

— C'est vrai, dit Rotherham. Pourquoi pensez-vous qu'il y a autant de personnes à cette réunion qui cherchent à se remarier ?

Il rit.

— C'est trop dur à faire tout seul.

Genie n'en avait pas fait l'expérience, mais Jérôme avait dit la même chose avant qu'ils se marient. Il avait voulu se remarier au plus tôt, pour Titus. Pourtant, il avait persisté à chercher l'amour et avait été fou de joie quand il avait trouvé Genie, qui comblait à la fois ses besoins et ses envies.

Elle regarda les deux hommes.

— Qu'y a-t-il de plus important pour vous ? Trouver une mère pour vos enfants ou une femme pour vous-même ?

Sterling, qu'elle intéressait clairement mais qui avait aussi fait quelques commentaires auto-dévalorisants sur sa condition de simple roturier alors qu'elle était duchesse douairière et fille de vicomte, gesticula avec son biscuit entre les doigts.

— Idéalement, je trouverais les deux.

Il enfourna le reste du biscuit.

Rotherham sembla réfléchir un moment.

— Honnêtement ? J'adore mes filles. Perdre leur mère fut difficile. Ce qui me rendra heureux, c'est de trouver quelqu'un avec qui elles pourront établir une relation étroite. Voilà ma réponse.

Il termina son biscuit.

Genie ne put s'empêcher de fondre un peu à ses mots.

— C'est charmant, dit-elle doucement.

Peut-être n'était-il pas *trop* jeune pour elle ?

Une minute, était-elle subitement partie à la chasse au mari ? Ou cherchait-elle à être mère ? Ce serait mieux si elle voulait les deux, comme avait dit Sterling. Elle le regarda.

— Je pense que vous en avez le droit. Kendal et moi avons eu la chance d'avoir les deux.

— Vous aimiez être belle-mère ? demanda Sterling.

— Oui. Kendal, mon beau-fils, est tout pour moi.

Les deux hommes la regardèrent comme s'ils l'imaginaient dans ce rôle. Elle se sentit soudain mal à l'aise.

— Le soleil est apparu ! déclara Cecilia d'une voix forte.

Tout le monde se tourna vers les fenêtres.

— Allons nous préparer pour monter. Nous nous rassemblerons aux écuries dans une heure.

Quelques personnes commencèrent à quitter le salon, désireuses d'aller enfiler leurs costumes d'équitation et de sortir. Genie dut s'avouer qu'elle attendait avec impatience de sentir un souffle d'air frais sur son visage. Peut-être pourrait-elle oublier un temps les complications de cette partie de campagne.

Avant de partir, les deux hommes lui dirent leur impatience de la revoir au cours de la promenade. Alors que Genie marchait vers la porte, Cecilia l'accosta.

— Je pensais que Satterfield et toi étiez peut-être en train de démarrer une relation, mais je t'ai vue plusieurs fois avec Sterling. Et je viens juste de te voir flirter avec Rotherham.

Cecilia sourit de toutes ses dents.

— C'est exactement ce que j'espérais pour toi quand je t'ai invitée. J'espère aussi que l'un d'entre eux te conviendra.

L'un d'eux lui avait plu, du moins dans un domaine particulier. Genie repoussa l'idée d'Edmund et de ses… talents au fin fond de son esprit.

— Je ne t'ai toujours pas complètement pardonné de ne pas m'avoir avertie du but de cette réunion. Mais je prends du bon temps.

Elle sourit pour adoucir la pique contenue dans sa première phrase.

Cecilia lui répondit par un sourire contrit.

— J'aurais dû te le dire, mais ai-je eu tort de penser que tu ne serais pas venue ?

Genie soupira.

— Probablement pas. Toutefois, je te demanderais de ne pas trop chercher à m'associer à un homme. Ce n'est pas parce que je m'amuse que je suis prête à me remarier.

— D'accord, mais il y a beaucoup de gentilshommes parmi lesquels choisir. Sterling serait un bon parti. Ça ne t'ennuie pas qu'il n'ait pas de titre, n'est-ce pas ?

— Pas du tout.

Avec un geste de la main, Cecilia dit :

— J'en étais sûre.

— On dirait que tes efforts en tant qu'entremetteuse vont porter leurs fruits. Il y a au moins un couple ou deux, selon les rumeurs.

Genie n'aimait pas les ragots, mais dans une réunion de cette taille, il était impossible d'ignorer certains commentaires.

Cecilia pressa ses mains l'une contre l'autre.

— J'espère tellement ! Je me demande si je ne devrais pas en faire un événement annuel. Pourquoi pas ?

— En effet, pourquoi pas ?

Genie regarda sa cousine en levant un sourcil.

— À condition que tu avertisses tous les invités de ce qui les attend.

Cecilia s'agrippa au bras de Genie en riant.

— Oui, oui. Maintenant, allons mettre nos costumes de cavalières et montrons à tout le monde à quel point notre grand-père a insisté pour nous faire apprendre l'équitation.

Genie rit avec elle, se souvenant de leurs étés ensemble au domaine de leur grand-père.

— Merci de m'avoir invitée. Je ne regrette pas d'être venue.

Elle ne regrettait pas non plus sa visite à Edmund la nuit dernière. Elle aurait mieux fait de s'abstenir, mais Genie serait à jamais contente d'avoir sauté le pas.

CHAPITRE 8

*P*as même une rapide chevauchée dans les grands parcs de Blickton n'avait été suffisante pour calmer la frustration qui envahissait Edmund. Que Genie lui présente des excuses pour ce qui était arrivé la nuit précédente l'avait affreusement irrité. Il ne regrettait rien ; il n'y avait donc pas à s'excuser.

Après cela, il avait fallu qu'il la regarde rire et sourire avec ce fichu Rotherham, qui était bien plus bel homme qu'il n'était permis, *et* avec Sterling, qui lui avait collé aux basques toute la semaine. Cela suffisait pour qu'un homme se mette à boire. Ou qu'il succombe à ses démons intérieurs et arrache la gente demoiselle de son cheval, avant de l'emmener dans une chevauchée sauvage. Cette dernière option, malgré son côté barbare, avait un attrait captivant.

Malgré cela, il retourna à la cour des écuries avec le reste des invités et patienta avec les autres gentilshommes pendant que les dames rentraient. Il regarda Genie passer, son derrière ondoyant le tentant de révéler sa sauvagerie intérieure. Il se souvint d'avoir glissé ses mains sous elle pour festoyer entre ses cuisses, les doigts refermés sur sa chair tendre, et il commença à bander.

Bon sang !

Il se détourna, masquant son air renfrogné.

Les hommes examinaient quelles femmes étaient les meilleures cavalières. Mrs. Sheldon était très loin devant les autres, mais Genie et sa cousine, leur hôtesse, étaient toutes deux excellentes. La pauvre Mrs. Wynne-Hargest avait eu du mal, mais Sir Nathaniel avait été assez gentil pour lui prêter main forte. À tel point que la rumeur en faisait maintenant un couple. Il protesta, mais refusa de confirmer ou de nier une quelconque relation.

Cosford lança un regard espiègle à Rotherham.

— Je pensais que vous alliez cibler Mrs. Dunthorpe, mais après aujourd'hui, je pense que c'est la duchesse douairière.

Rotherham leva les yeux au ciel.

— Laissez tomber, Cosford. Personne ne va s'exposer et dire avec qui il couche, qui il courtise ou quoi que ce soit d'autre.

Un concert d'acquiescements s'éleva.

— Par ailleurs, il est évident que Sa Grâce s'intéresse à Sterling, dit Howell en donnant un coup de coude à Sterling, qui se tenait à côté de lui.

Edmund se mit à bouillir de rage et s'éloigna du groupe. Non pas en direction de la maison, mais vers l'écurie où il entendait aider à ranger les harnachements. Quand il était perturbé, il se tournait toujours vers le travail manuel pour se détendre et restaurer son équilibre. Ou vers le sexe.

Et comme il n'avait aucun espoir dans ce dernier domaine, il prendrait le travail.

Au départ, les valets tentèrent de décliner sa proposition d'aide, mais il finit par les convaincre de le laisser rester. Il retira son manteau et se jeta dans le travail, appréciant chaque moment, y compris la camaraderie des valets et garçons d'écurie. Il n'était pas vraiment convenable pour un comte de se conduire ainsi, mais il n'en avait cure. Le personnel de ses propres écuries s'attendait à le voir et, de ce fait, l'accueillait avec plaisir.

Après quelque temps, il se sentit revigoré. Il souhaita au revoir aux valets, ramassa son manteau, et retourna dans la cour, qui était maintenant heureusement vide. Alors qu'il s'apprêtait à remettre son manteau avant de repartir vers la maison, il remarqua dans l'herbe quelque chose qui brillait au soleil.

Il se baissa pour ramasser l'objet : une boucle d'oreille, qu'il reconnut. Le bijou en or et en cornaline appartenait à Genie.

Son pouls s'accéléra à l'idée de lui rendre. Si seulement elle ne lui avait pas demandé d'éviter de dire qu'il avait apprécié la nuit dernière. Il était certain qu'elle l'avait appréciée aussi. Mais elle semblait la regretter.

Il referma sa main sur la boucle d'oreille et se redressa. En regardant vers la maison, il fut surpris de voir l'objet de ses pensées se diriger droit vers lui.

Genie ralentit en s'approchant de lui. Elle fouilla le sol du regard.

— J'ai perdu une boucle d'oreille.

Il étendit la main, ouvrant son poing.

— Celle-ci ?

Elle inspira.

— Oui. Merci.

Il referma sa main à nouveau sur la boucle.

— Je pourrais la garder en otage.

Son regard revint vivement sur lui, les yeux écarquillés.

— Pour quelle raison ?

— Regrettes-tu ce qui s'est passé la nuit dernière ?

Il devait savoir, et pourtant il ne pensait pas pouvoir supporter une réponse positive.

Elle prit un moment pour répondre, mais l'attente en valait la peine.

— Non.

— Elle s'avança vers lui avec prudence.

— Cependant, je ne souhaite pas que cela se reproduise.

— Pourquoi pas?

— Edmund, s'il te plaît, ne fais pas cela. Il vaut mieux que nous passions à autre chose.

Il prit sa main et pivota, la tirant avec lui derrière l'écurie. Pas exactement en la tirant, car elle ne résistait pas.

Quand ils furent hors de vue de la maison, il la lâcha et se tourna pour lui faire face.

— Pourquoi ? Dis-moi pourquoi tu souhaites faire comme s'il n'y avait rien entre nous ?

— Je te l'ai dit.

Ses yeux s'embrasèrent.

— Nous ne cherchons pas les mêmes choses. Nous ne pouvons pas nous rendre heureux, du moins pas au-delà de ce séjour.

Ils ne cherchaient *pas* les mêmes choses. Elle voulait des enfants, et il n'en avait aucun. Il avait besoin d'un héritier, et elle ne pouvait pas lui en donner. La différence se trouvait là : elle voulait et lui avait besoin. Mais voulait-il un enfant ? Il y avait pensé, mais en cet instant, il ne pouvait pas ignorer les forts sentiments qu'il avait pour elle.

Ce qu'il voulait, c'était passer chaque moment qu'il pourrait avec elle. Même si cela devait être le dernier.

— Alors pourquoi ne pas profiter au mieux de ce séjour pendant que nous sommes là ? Viens me voir ce soir.

— Non.

Il jura. Attrapant sa main, il posa la boucle d'oreille dans sa paume.

— Alors prends cela et pars.

Elle fixa le bijou. En tremblant, elle le porta à son oreille et le glissa dans le minuscule trou, puis l'attacha. Mais elle ne partit pas. Elle resta plantée là, sa poitrine se soulevant comme elle le regardait fixement.

Il vit dans ses yeux la bataille entre le désir et la souffrance.

— Genie, ma chérie, pourquoi résistes-tu ?

Il caressa gentiment sa mâchoire, puis prit sa joue dans le creux de sa main.

— Je ne peux pas être la femme dont tu as besoin.

Son cœur se brisa d'entendre l'angoisse dans sa voix.

— Tu es la femme que je *veux*.

Et à cet instant il sut qu'elle l'était, bien qu'ils se connaissent depuis peu et malgré le différend cruel qui semblait empêcher leur avenir.

Elle mit ses mains sur ses épaules et l'embrassa. Edmund fit glisser ses bras autour de sa taille, attirant sa poitrine contre la sienne. Il descendit sa bouche vers la sienne, et s'assura qu'elle comprenne à quel point il la voulait. Il avait besoin d'elle. Il la désirait plus que toutes les autres.

Il jeta son manteau et son chapeau, puis mordilla sa lèvre inférieure et déposa des baisers le long de son menton.

— Edmund, je…

Il releva la tête et plongea son regard dans ses yeux troublés.

— Quoi ? Dis-moi ce que tu veux. Si tu veux que je parte, je partirai. Si tu veux que je retrousse tes jupons et que je te prenne à en perdre la tête, je le ferai. *Dis-moi*, Genie.

— Prends-moi. Maintenant. *S'il te plaît*.

Elle enfonça ses doigts dans sa nuque et ses épaules.

Il la fit reculer jusqu'à ce qu'elle heurte le mur de l'écurie. Ils étaient plus ou moins masqués par un arbuste d'un côté, mais si quelqu'un arrivait de l'autre, on les verrait.

— Sois sûre de vouloir ce qui arrive. Ici. Maintenant.

Il attrapa sa hanche et se pressa contre elle.

Elle gémit.

— Oui.

Elle tira sur ses jupes pour les relever.

Il n'y avait rien pour les aider. Il allait devoir la porter, mais il savait qu'il le pouvait. Diable, il aurait porté le poids de ce foutu monde si cela signifiait qu'il pouvait partager un nouveau moment d'extase avec elle.

Il mit une main sur la sienne et remonta ses jupes à sa taille.

— Tiens-les, lui intima-t-il avant de recommencer à l'embrasser.

Elle se cramponna à sa tête, sa langue dansant sauvagement avec la sienne.

Edmund glissa une main entre ses jambes et caressa sa chair satinée. Elle était douce et mouillée. Prête. Et il était incroyablement dur pour elle. Il joua avec elle, appuyant sur son clitoris et enfilant ses doigts dans son fourreau. Elle se serra autour de lui, haletant dans sa bouche.

Puis ses mains furent sur sa braguette, la déboutonnant et extrayant sa queue. Elle l'encercla d'une main, le caressant de la base au bout encore et encore jusqu'à ce qu'il craigne de se répandre dans sa main.

— Assez, croassa-t-il, accroche-toi à moi.

Elle noua ses mains autour de son cou, et il la monta contre l'écurie.

— Enroule tes jambes autour de moi.

Elle fit comme il l'ordonnait.

— Brave fille.

En riant doucement, elle répondit :

— Je ne suis pas une fille.

— Non, tu ne l'es pas. Tu es la femme la plus désirable que j'aie jamais connue.

Il attrapa sa verge et la guida en elle. Il la tenait par les fesses alors qu'il bougeait en elle, s'enfonçant jusqu'à la garde.

Se reposant contre elle, il expira et ferma les yeux. C'était si bon de la sentir autour de lui, si juste. Il ne pensait pas avoir connu quelque chose d'aussi parfait dans sa vie, et d'une certaine manière, il savait que rien d'autre ne le serait.

— Genie, chuchota-t-il, embrassant sa tempe, sa joue, ses lèvres.

Elle enfonça ses talons dans son postérieur.

— Edmund, s'il te plaît. *Bouge.*

— Dis-moi ce que tu veux, Genie.

Il l'embrassa brutalement.

— Dois-je aller lentement ?

Il remua ses hanches contre les siennes en un rythme excessivement lent. Son pouls battait dans ses oreilles, l'incitant à accélérer.

— Ou dois-je te prendre à en perdre la tête, comme je l'ai déjà dit ?

Elle rejeta la tête en arrière et gémit doucement, puis se pencha en avant et attrapa son oreille avec ses dents.

— Vite. Fort. Fais-moi jouir, Edmund.

Edmund faillit se répandre. Où était passée la douairière hésitante, presque timide ? Il s'en fichait. Il avait désespérément besoin de cette Genie ; non, il voulait toutes ses facettes. Il agrippa son postérieur et posa son autre main sur le côté de sa tête, ses doigts plongeant dans ses cheveux sous son chapeau.

— Regarde-moi, Genie.

Elle braqua ses yeux sur lui, et il se perdit dans le désir qui brûlait dans leur profondeur. Il plongea en elle encore et encore, augmentant sa cadence jusqu'à exploser en elle.

Ses yeux se plissèrent, et elle cria.

— Chut.

Il l'embrassa, avalant ses plaintes et ses gémissements. Chaque son alimentait son besoin, le poussant vers le précipice. Son orgasme commença à s'assembler. Il était si proche. Il arracha sa bouche de la sienne et la porta à son oreille.

— Avec moi, Genie. *Maintenant.*

Ses muscles se serrèrent autour de lui, et il la sentit frémir. C'était tout ce dont il avait besoin pour s'abandonner. Dans un torrent de désir et de passion, il plongea profondément en elle et jouit, réussissant malgré cela à ne pas hurler son plaisir absolu.

Il la serra fort contre lui, et leurs corps bougèrent ensemble, noyés dans l'extase et le désespoir. Et finalement, leur tension s'envola quand le relâchement les submergea. Il la tint encore, sa joue pressée contre la sienne, comme il aspirait bouffée après bouffée d'air pour calmer son cœur galopant.

Il embrassa sa mâchoire et la fit descendre gentiment au sol. Elle déroula ses jambes de sa taille et s'appuya contre l'écurie. Ses jupes retombèrent, la couvrant à nouveau. Edmund rectifia sa tenue, rentra sa queue dans ses braies et reboutonna sa braguette.

Genie regarda vers la maison.

— C'était dangereux.

— C'est peut-être pour cela que c'était si délicieux.

Edmund ne put s'empêcher de sourire.

— Le danger, et toi.

Elle tourna la tête pour le regarder, les yeux écarquillés et les joues magnifiquement rougies. Il voulait la voir ainsi pour le reste de ses jours.

— Cela ne change rien.

Elle lissa ses jupes de ses mains en prenant une grande inspiration.

La frustration qu'il avait évacuée en travaillant aux écuries, et accessoirement en la culbutant, réapparut.

— Tu ne peux pas nier qu'il y a quelque chose entre nous. Tu veux vraiment l'ignorer ?

— Nous le devons.

Elle l'implora du regard.

— Edmund, cela ne suffit pas.

— Si tu veux parler du sexe, il y a plus que cela entre nous et tu le sais. J'ai l'impression de retenir mon souffle à chaque fois que tu es hors de ma vue. L'attente me détruit jusqu'à ce que tu entres dans la pièce et illumines le monde.

Son regard s'adoucit et ses lèvres s'entrouvrirent.

— Edmund. Mais c'est de la folie, sachant ce que nous savons.

Il ressentit comme un coup aux tripes.

— Pas pour moi.

Son front se fronça de petits plis inquiets.

— Je suis désolée.

Puis elle se détourna et repartit vers la maison en vitesse.

Il envisagea de la suivre mais renonça. Il ne pouvait pas forcer cette issue. Ses sentiments n'étaient peut-être pas réciproques. Il l'avait désirée pendant vingt ans. En vérité, il s'était détourné d'elle longtemps auparavant, après qu'elle eût épousé Kendal. Il n'avait jamais imaginé avoir une chance, et il n'était certainement pas venu à cette partie de campagne dans l'intention de la voir, et encore moins de la conquérir.

Ceci était l'accomplissement d'un rêve de jeunesse et rien de plus. Il avait pris un chemin différent et s'y tiendrait : trouver une épouse qui répondrait à ses besoins. Ce qui signifiait un héritier.

Il y avait plusieurs femmes acceptables sur place. Des femmes sans enfant qui pourraient encore en porter, et des femmes avec enfants qui avaient prouvé leur faculté à lui donner ce dont il avait besoin.

Cela sonnait si froid et insensible, mais c'était dans l'ordre des choses, en particulier pour un homme de sa condition. Se marier par amour était un luxe que la plupart n'avaient pas. Pourquoi pensait-il être différent ?

Edmund ramassa son manteau et l'enfila. Puis il plaqua son chapeau sur sa tête. Ignorant le vide douloureux qui se répandait en lui, il marcha d'un pas raide vers la maison, bien décidé à descendre une bouteille de brandy s'il le devait. Il ferait tout pour oublier Genie.

〜

*A*ffligé d'un léger mal de tête le matin suivant, Edmund fut en retard au petit-déjeuner. Quand il arriva, la seule place disponible était entre Lady Bradford et Mrs. Grey. Il regretta immédiatement sa décision de descendre.

Lady Bradford lui glissa un regard curieux et chuchota :

— Êtes-vous encore ivre ?

— Non.

Il avait été plutôt éméché la veille au soir quand elle était venue dans sa chambre en quête d'un intermède galant.

— Eh bien, vous avez une sale mine.

— Merci.

Avec sa fourchette, il déplaça autour de son assiette la nourriture qu'il avait prise au buffet.

Cosford se leva à l'extrémité de la table.

— J'ai le plaisir de faire une annonce ce matin.

Il regarda à sa gauche, vers le couple qui y était assis.

— J'ai le grand honneur de vous faire part des fiançailles de Lord Audlington et Mrs. Sheldon.

Des applaudissements et des encouragements résonnèrent autour de la table. Rotherham leva son verre de bière.

— Un toast pour les futurs époux !

Chacun leva son verre et s'écria :

— Hourra !

Edmund but une gorgée de sa bière alors que sa tête palpitait au bruit des réactions des autres.

— Je me demande qui seront les suivants ? dit Lady Cosford depuis l'autre bout de la table, près d'Edmund.

Il regarda Genie par-dessus la table. Elle était assise à côté de Lord Audlington qui regardait amoureusement sa promise. Et elle fixait son assiette.

— Je parie sur Mrs. Fitzwarren et Sir Godwin, dit Lord Pritchard avec un grand sourire.

— Allons, dit Lady Cosford en pinçant les lèvres. Ne spéculons pas. C'est incroyablement… embarrassant.

— Je prends ce pari, dit Mrs. Hatcliff-Lind avec une lueur impitoyable au fond des yeux et un sourire étirant ses lèvres.

— Excellent !

Pritchard se tourna vers leur hôte.

— Cosford, allez-vous enregistrer les paris ?

Lady Cosford agita ses mains.

— Non, non, nous ne pouvons pas faire cela !

Cosford toussota.

— Vous avez entendu notre brave hôtesse.

Il jeta un coup d'œil à Pritchard, et le regard qu'ils échangèrent dit qu'il y aurait bien des paris, mais en secret.

— Eh bien, s'ils commencent à prendre des paris, je vais en placer un sur vous et Lady Bradford, chuchota Mrs. Grey à sa droite.

Edmund tourna vivement la tête pour la regarder.

— Pardon ?

— Je ne serai pas la seule, dit-elle, le sondant de ses yeux bleus. Quelqu'un a vu Lady Bradford à la porte de votre chambre la nuit dernière.

Enfer et damnation. Elle était en effet venue à sa chambre mais il l'avait éconduite. Il avait été bien trop imbibé pour inviter une dame dans son lit. Plus important encore, il ne voulait personne d'autre que Genie.

Son regard s'égara vers elle. Elle le regardait avec atten-

tion, la bouche incurvée en un pli sévère. Mince. Avait-elle
entendu la rumeur à propos de Lady Bradford ?

Avec un juron silencieux, Edmund prit sa bière et en but
une longue gorgée. Peu importait ce qu'elle avait entendu ou
ce qu'elle pensait. Elle avait été très claire : même après cette
fantastique partie de jambes en l'air qu'ils avaient partagée la
veille derrière l'écurie.

Il se leva brusquement de table et quitta la salle à manger.
Il lui restait encore un jour à subir cette réunion infernale, et
il pourrait retourner à sa vie. Une vie qui n'incluait pas Genie
et ne l'inclurait jamais.

CHAPITRE 9

Un mois plus tard
Manoir de la douairière à Lakemoor

Genie mit la lettre de côté et regarda l'après-midi gris par la fenêtre. Le ciel sombre s'accordait à son humeur. Un autre lot de lettres de ses amis, et d'un prétendant potentiel. Mais aucune n'était d'Edmund, et il n'y en avait pas eu une seule depuis la partie de campagne.

Espérait-elle vraiment qu'il lui écrive ? Malgré l'intimité qu'ils avaient partagée, ils s'étaient séparés sur un point final. De plus, elle était partie en avance.

Après leurs ébats derrière l'écurie, elle avait tant bien que mal assisté au souper, même si elle n'avait pas pu s'arrêter de penser à Edmund ; son sourire, sa personnalité décontractée, ce qu'il lui faisait ressentir. Après le souper, ils avaient dansé, ce qui avait conduit à un incident où Lettie était tombée dans les bras d'Edmund. Ils avaient ri et semblé s'accrocher l'un à l'autre un peu plus longtemps que nécessaire. En ajoutant à cela la rumeur selon laquelle Lettie s'était rendue à sa chambre la nuit dernière, Genie s'était convaincue qu'il valait mieux qu'il courtise Lettie. Ou quelqu'un d'autre.

N'importe qui sauf elle.

Elle jeta un regard à la dernière lettre qu'elle venait de lire. Elle était de Mr. Sterling. Il lui avait écrit trois fois depuis la réunion, et dans cette lettre, il demandait à lui rendre visite. Il était gentil, chaleureux, il l'abreuvait de compliments – peut-être même un peu trop – et il recherchait à l'évidence une épouse. Ou, plus important encore, une mère pour ses enfants.

Elle s'était plus ou moins attendue à avoir des nouvelles de Lord Rotherham aussi, mais non. Peut-être l'avait-il finalement jugée trop vieille. Surtout que, avec deux filles, il avait toujours besoin d'un héritier. Comme Edmund.

Un mouvement dehors attira son attention. Son beau-fils, Titus, remontait l'allée qui menait à la porte de la maison. Elle se leva et entendit son majordome l'accueillir quelques instants après.

Quand Titus se présenta au salon, elle réussit à sourire et l'invita à entrer.

— Veux-tu du thé ?

Il secoua la tête.

— Non merci. Je viens de rentrer d'une promenade à cheval, et j'ai pensé à m'arrêter. Vous lisez votre courrier ?

Il regardait derrière elle en direction du bureau placé devant la fenêtre.

Elle jeta un œil par-dessus son épaule.

— Oui.

Titus fronça les sourcils. Cette expression le faisait tellement ressembler à son père que Genie en avait toujours un pincement au cœur. Avec des cheveux noirs, des yeux verts perçants, de haute stature et bien fait, c'était un très bel homme. Et à vingt-quatre ans, avec un titre de duc et de multiples propriétés, il était un parti recherché sur le Marché du Mariage. Ou du moins il le serait, s'il lui prenait l'envie de laisser penser à une jeune dame qu'il était intéressé par le mariage.

Il ne l'était pas.

— J'espère que vous me pardonnerez mon impertinence, dit-il. Vous êtes… différente depuis votre retour de ce séjour. J'ai supposé que c'était parce que Père vous manquait. J'imagine que cela n'a pas été facile d'assister à un événement mondain avec d'autres couples mariés.

Genie ne lui avait rien raconté de la partie de campagne. Il était parti pour un de ses autres domaines quelques jours après son retour et avait été absent deux semaines.

— En réalité, le seul couple marié présent était nos hôtes.

Il haussa les sourcils.

— Pardon ?

Genie s'assit sur sa chaise préférée et lui indiqua de prendre un siège. Il se laissa tomber sur le divan et étendit ses longues jambes devant lui.

— Ma cousine a imaginé cette réunion comme un moyen pour des veufs et des veuves, ainsi que des messieurs célibataires, de… d'interagir.

Il eut l'air perdu.

— Elle voulait jouer les entremetteuses ?

— Plus ou moins. Tous les couples formés n'avaient pas forcément vocation à être permanents. Si tu suis ma pensée.

Les lèvres de Titus s'étirèrent en un sourire.

— Je vois. Diablement intelligent.

Il se calma et replia ses jambes.

— Cela ne vous intéressait pas ?

— Elle ne m'avait pas prévenue de son objectif, cela m'a déçue. Je n'ai pas apprécié d'être surprise. En fait, j'ai voulu partir immédiatement, mais la pluie avait inondé la route.

— Je n'arrive pas à croire que vous ne m'ayez pas raconté cela avant.

Elle n'avait pas voulu lui cacher. En règle générale, ils étaient assez ouverts l'un avec l'autre. Mais la partie de campagne l'avait surprise à plus d'un niveau, et elle était encore en train d'essayer de savoir ce qu'elle en pensait.

— Je ne sais qu'en dire.

Elle posa ses mains sur ses genoux.

— J'imagine que je ne voulais pas que tu croies que je songeais à remplacer ton père.

— Y pensez-vous ?

Il expira.

— Peu importe, cela ne me regarde pas. En réalité, *j'espère* que vous y pensez. Il l'aurait voulu.

Elle n'en avait jamais discuté avec lui.

— Comment le sais-tu ?

Il lui offrit un regard penaud.

— Vous savez qu'il m'a laissé des lettres. L'une d'entre elles parlait de vous. Il y insistait pour que je vous encourage à vous remarier. Il avançait que vous étiez beaucoup trop jeune pour rester seule.

Il s'arrêta un moment, un coude posé sur l'accoudoir du divan.

— Je lui donnerais plutôt raison, mais c'est uniquement à vous de décider. Je vous soutiendrai quoi que vous souhaitiez. Toujours.

Genie ressentait tellement d'amour pour ce garçon ; non, pour cet homme. Pour elle, il serait toujours l'adorable enfant de cinq ans qu'elle avait promis d'élever comme son propre fils quand elle avait épousé son père.

— Avez-vous… rencontré quelqu'un ? demanda Titus, la ramenant au présent.

Il n'y avait aucune raison de ne pas lui dire la vérité.

— Oui. Mais nous ne nous accordions pas.

Elle regarda à nouveau vers le bureau.

— Un autre gentilhomme de la réunion m'a écrit. Il y a une chance que nous puissions, peut-être, nous entendre.

Prononcer les mots à haute voix la fit douter de cette possibilité. Penser à Peter Sterling ne provoquait pas en elle la même vague d'excitation que penser à Edmund. Il lui manquait terriblement ; ses regards enflammés dirigés furtivement vers elle, son rire profond, son intérêt et son attention pour son bien-être.

Titus pencha la tête.

— Excusez-moi à nouveau, mais vous ne semblez pas très enthousiaste.

— Je ne suis pas tout à fait sûre de vouloir me remarier. Ni maintenant, ni plus tard. Je ne sais pas si je pourrai me résoudre à quitter Lakemoor, ou toi.

Elle lui fit un sourire tremblant.

Il se pencha en avant.

— Vous devez prendre les meilleures décisions pour vous. Je m'en sortirai.

Il regarda au loin, puis croisa à nouveau son regard.

— Vous ne m'avez pas demandé conseil, mais j'espère que vous allez chercher à atteindre le bonheur. Si quelqu'un le mérite, c'est bien vous.

— Merci.

Elle pensa immédiatement à Edmund. Les moments qu'ils avaient passés ensemble avaient été les plus heureux depuis la mort de Jérôme.

Son majordome apparut à la porte. Il regarda Genie.

— Votre Grâce, un gentilhomme demande à vous voir.

Elle eut le souffle coupé et son cœur s'accéléra. Non, ce ne pouvait pas être Edmund. Elle se rendit compte à cet instant qu'elle était tombée éperdument amoureuse de lui. Sans aucun doute. Comment pouvait-elle en être sûre, elle qui n'avait aimé qu'une seule autre personne ?

Parce que la sensation était identique. Edmund lui manquait. Elle pensait à lui tout le temps. Elle mourrait d'envie de le revoir. Et maintenant qu'un gentilhomme se présentait, elle espérait de tout son cœur que ce soit lui, bien que sachant qu'il n'en serait rien.

Le majordome ajouta :

— Mr. Peter Sterling.

Le désarroi s'empara de Genie.

— Faites-le entrer.

Titus commença à se lever.

— Dois-je partir ?

— Non, reste, si cela ne te dérange pas. Il a dû faire un long voyage. Peut-il dormir ici cette nuit ?

— Bien sûr.

Il se rassit sur le divan.

Mr. Sterling entra dans le salon. Ses yeux bleu foncé se fixèrent sur elle, et il sourit chaleureusement. Puis son regard se posa sur Titus, et il sembla se figer un moment.

— Bienvenue, Mr. Sterling, dit Genie. Entrez et joignez-vous à nous. Permettez-moi de vous présenter mon beau-fils, le duc de Kendal.

Mr. Sterling s'inclina.

— Votre Grâce, je suis ravi de faire votre connaissance.

— Moi de même, répondit Titus. Asseyez-vous, s'il vous plaît.

Il montra une chaise vide à côté de Genie.

Mr. Sterling marcha jusqu'à la chaise et s'y assit lentement.

— Je vous prie de m'excuser d'arriver sans prévenir.

Il regarda Genie.

— Vous avez peut-être reçu ma lettre ?

— Je l'ai reçue aujourd'hui, en fait. Je m'apprêtais à vous répondre que je serais enchantée de votre visite.

Que pouvait-elle dire maintenant qu'il était là ? Elle jeta

un regard à Titus et vit qu'il plissait légèrement le front, lui rappelant Jérôme une fois encore.

Les traits de Mr. Sterling se contractèrent en une petite grimace.

— J'ai tenté ma chance. Je suis si content d'avoir eu raison.

— Vous avez fait un voyage affreusement long. Kendal va vous faire préparer une chambre au manoir.

— J'apprécierais beaucoup, merci.

Mr. Sterling inclina la tête en direction de Titus.

— Je vais aller m'en occuper.

Titus se leva.

— Le souper sera servi à six heures.

Il questionna Genie du regard, et elle lui répondit par un léger signe négatif de la tête. Ce n'était pas l'homme qu'elle désirait.

Et elle désirait bel et bien un homme.

— Je vous verrai plus tard, dit Titus avant de partir.

Genie prit une profonde inspiration. Elle allait devoir annoncer à Mr. Sterling qu'être courtisée ou se marier ne l'intéressait pas.

— Êtes-vous certaine que cela ne vous dérange pas que je sois là ? demanda Mr. Sterling.

— Oui. Comme vous pouvez l'imaginer, je n'ai pas beaucoup de visiteurs.

C'était une réalité, et même si elle ne voulait pas épouser Mr. Sterling, elle avait apprécié sa compagnie et sa conversation à Blickton.

— Vous pouvez sans doute deviner pourquoi je suis venu. C'est un voyage horriblement long pour une simple visite.

En effet, car elle habitait à plusieurs jours de trajet du Lake District. Quant au sujet de sa visite… oui, elle pouvait le deviner. Mais elle ne le voulait pas.

— Pourquoi êtes-vous vraiment venu ?

Il fronça légèrement les sourcils.

— J'ai trouvé que nous nous entendions bien à Blickton. J'ai beaucoup apprécié le temps que nous avons passé ensemble. Je pensais qu'il en était de même pour vous.

Elle fut un peu agacée par le fait qu'il ne parle que de ses propres sentiments et qu'il imagine sans demander – et plutôt en présumant – ce qu'elle pouvait penser ou ressentir, mais elle passa outre. Elle savait déjà qu'il n'était pas fait pour elle.

— Cette partie de campagne fut des plus agréables. Puisque vous êtes venu jusqu'ici, je suppose que vous souhaitez poursuivre notre relation.

Il se dérida.

— Oui, en effet. Je… Mon Dieu, c'est plus difficile que je ne l'imaginais. Je n'ai fait cela qu'une seule fois auparavant, et j'étais assez jeune et idiot. Je dois reconnaître que je me sens plutôt stupide à cet instant.

Il rit nerveusement.

— Ou angoissé.

Il glissa de sa chaise et posa un genou à terre devant elle.

— Votre Grâce, je serais honoré que vous acceptiez d'être mon épouse. Je promets de prendre soin de vous pour le reste de mes jours, et je sais que mes enfants vous admireront et vous chériront autant que moi.

Ses enfants. Genie ne pouvait pas ignorer le pincement d'envie provoqué par l'idée de materner d'autres enfants. Elle ne pourrait pas faire cela avec Edmund. Et il avait besoin d'avoir des enfants. Ou au moins un enfant… un héritier.

Elle ne pouvait pas envisager l'avenir avec Edmund. Peu importait qu'elle l'aime. Il avait besoin d'un héritier et elle ne pouvait pas lui en donner. C'était toute l'histoire.

Mais devant elle se tenait un homme qui avait des senti-ments pour elle, avec quatre enfants qui avaient besoin d'une mère. Cette vie serait plaisante. Elle s'était mariée par amour une fois, et c'était plus que pour la plupart des gens.

Elle lui sourit.

— Je suis si touchée par votre proposition, Mr. Sterling. Seriez-vous d'accord pour que j'y songe cette nuit et vous donne une réponse dans la matinée ? Entre-temps, nous souperons avec mon beau-fils et passerons la soirée ensemble. Si cela vous paraît acceptable.

Ses épaules s'affaissèrent quand il se détendit, et un sourire soulagé éclaira son visage.

— Plus qu'acceptable. Vous êtes un femme débordante de charme et de bonne humeur.

Que pouvait-elle trouver à redire à cela ?

CHAPITRE 10

— Vous êtes debout de bonne heure, dit Cosford quand Edmund entra dans la salle de séjour du pavillon de chasse de Rotherham près de Lancaster. En particulier après les activités de la nuit dernière.

Il s'esclaffa avant de boire une gorgée de son café.

Edmund remplit son assiette au buffet et rejoignit Cosford à table.

— Je n'ai pas bu autant que vous, ou Rotherham.

Un valet de pied s'avança pour proposer du café ou de la bière. Edmund prit les deux.

— Je crois que personne n'a bu autant que Rotherham, dit Cosford en grimaçant. Il était dans un drôle d'état, n'est-ce pas ?

— Ah oui ?

Edmund n'avait pas remarqué. Sans doute parce qu'il avait été dans son propre « état ». Un état où il se languissait d'une femme qu'il ne pouvait pas avoir. Et quand il ne se lamentait pas, il oscillait entre la colère, parce que Genie avait quitté Blickton sans dire au revoir, et le deuil de ce qu'il avait brièvement connu, et perdu.

— Je suppose que vous n'avez pas fait attention.

Cosford découpa un morceau de jambon.

— Trop engoncé dans votre vague à l'âme.

— Je n'ai pas de vague à l'âme.

Edmund pensait avoir réussi à cacher sa distraction.

Cosford avala sa bouchée de jambon.

— Vous oubliez que cette réunion s'est déroulée *chez moi*. Et que mon épouse ne rate rien. Enfin, presque rien. Et aussi qu'elle est la cousine de Genie... pardon, de la duchesse douairière.

Enfer. Genie avait-elle raconté quelque chose à Lady Cosford ?

— Où voulez-vous en venir, Cosford ?

Haussant une épaule, Cosford saisit son café.

— Je sais qu'une autre femme vous a rendu visite en dehors de Lady Bradford. Je n'étais pas tout à fait sûr de qui il s'agissait, mais ensuite un garçon d'écurie vous a vu avec Genie au retour de notre promenade.

Il n'eut pas besoin de raconter ce que le garçon avait vu, ils le savaient tous les deux.

Edmund ramassa une fourchetée d'œuf dans son assiette et la porta à sa bouche en évitant de regarder Cosford.

— Quand Genie est partie en avance, continua Cosford, nous avons supposé que cela avait échoué entre vous. Cecilia était très contrariée.

Que leur avait dit Genie ?

— Je ne savais pas qu'elle s'en allait, dit Edmund en attrapant sa bière pour en boire une longue gorgée.

Cosford haussa les sourcils.

— Vous ne saviez pas ?

Il pencha la tête.

— Elle nous a surpris après le petit-déjeuner ce matin-là quand elle a dit qu'elle allait partir. Cecilia avait espéré que sa cousine trouverait un compagnon. Ma femme croit que sa cousine n'est heureuse que lorsqu'elle peut prendre soin de quelqu'un, et son beau-fils est assez âgé pour s'occuper de lui tout seul, bien sûr.

Edmund ne savait que répondre à cela. Il adorerait que Genie prenne soin de lui, et lui d'elle.

— Elle a eu trop de chagrins, dit Cosford en secouant la tête. Mais j'imagine que vous savez cela.

Il le savait. Elle avait perdu sa fille, son mari, et tout espoir d'avoir d'autres enfants. Edmund avait entendu la douleur dans sa voix quand elle lui avait parlé d'Eliza.

Edmund tenta de manger, mais son appétit s'était envolé. Il but plutôt son café.

— Enfin, il semble que vous ne vous soyez pas entendus, elle et vous. Mais en vous voyant ici, je me demande si vous l'auriez souhaité.

— Je pensais que c'était possible, mais ça ne l'est pas.

Cosford soupira en attrapant une tranche de pain grillé.

— C'est aussi bien. Sterling a confié à Cecilia qu'il projetait de faire sa demande à Genie. Il était très reconnaissant envers Cecilia d'avoir permis leur rencontre à cette partie de campagne.

La jalousie envahit Edmund, l'étouffant avec un regret tel qu'il n'en avait jamais connu. Vingt ans auparavant, il avait rencontré Genie et accepté qu'ils n'étaient pas faits l'un pour l'autre : elle était le joyau de la Saison, destinée à un beau mariage, et il était sur le point de partir pour son Grand Tour. Quand il l'avait revue à Blickton, il avait eu l'impression que le Destin lui donnait une seconde chance.

Jusqu'à ce qu'il devienne évident qu'ils étaient en désaccord. C'était extrêmement injuste. L'engouement passager qu'il avait ressenti pour elle vingt ans avant s'était mué en amour véritable, et il était presque certain qu'elle avait commencé à éprouver la même chose. Ou peut-être n'était-ce qu'une éblouissante attirance mutuelle ; prompte à s'enflammer et tout aussi rapidement réduite en cendres.

Il n'y avait qu'une seule façon pour lui de le savoir. Il devait lui dire exactement ce qu'il ressentait et ce qu'il voulait. Si elle n'éprouvait pas la même chose, au moins il en serait certain.

Et si elle l'aimait aussi, mais pas assez pour renoncer aux enfants ? Et comment faire pour son titre de comte ?

— J'ai un héritier.

— Plaît-il ? demanda Cosford, surpris.

Edmund s'aperçut qu'il avait pensé à haute voix.

— La duchesse douairière et moi avons décidé que nous n'allions pas ensemble parce que j'ai besoin d'un héritier.

Elle voulait aussi être mère à nouveau, et un veuf avec des enfants pourrait lui permettre. Cependant, Edmund ne partagerait pas cette information avec Cosford.

— Vous venez juste de dire que vous en avez un.

— En effet, j'en ai un.

Non, le garçon n'était pas son rejeton, et il devrait s'organiser pour en faire son héritier présomptif. Pourrait-il se satisfaire de ne pas avoir d'enfant à lui ? Si cela signifiait une vie avec Genie, alors oui.

Rien de tout cela, cependant, ne faisait disparaître le désir de Genie d'élever d'autres enfants.

Cosford lui adressa un regard éloquent.

— Sterling prévoit de faire sa demande bientôt.

Edmund repoussa sa chaise et se leva. Qu'elle l'accepte ou non, il devait dire à Genie la vérité sur ses sentiments pour elle.

— Alors je ferais mieux de me mettre en route, je vais partir immédiatement et faire suivre mon carrosse.

Il avait amené son propre cheval et le monterait pour rejoindre Lakemoor le plus rapidement possible.

Cosford s'adossa à sa chaise et sourit.

— Cecilia va être aux anges. Elle penchait pour vous plutôt que pour Sterling.

— Nous verrons pour qui Genie penche.

Edmund n'arrivait pas à croire à quel point il avait été bête. Il ne la perdrait pas, cette fois.

Il pria pour qu'il ne soit pas trop tard.

~

*A*près avoir passé une agréable soirée avec Peter – Mr. Sterling avait insisté pour qu'elle l'appelle par son prénom – Genie était plus tiraillée que jamais. Elle avait été incapable de s'endormir avant tard dans la nuit.

Mais elle s'était réveillée avec les idées claires : si elle aimait Edmund, pourquoi envisager d'en épouser un autre ? Parce que Peter avait des enfants ? Genie aussi. Elle avait un beau-fils, un fils, qu'elle aimait plus que tout au monde.

Toutefois, Edmund n'en avait pas. Envisagerait-il un avenir avec elle, sachant qu'elle ne pourrait pas lui donner d'enfant ? Elle ne le blâmerait pas s'il en était incapable. Même ainsi, elle ne pensait pas pouvoir vivre avec elle-même si elle ne lui disait pas ce qu'elle ressentait.

Ce qui voulait dire qu'elle devait le voir. Tout de suite. Maintenant qu'elle savait ce qu'elle voulait, ce qu'elle *devait* faire, elle ne pouvait plus attendre. Malheureusement, son domaine était au moins à deux jours de voyage, si le temps était clément.

Cependant, en premier lieu elle devait donner à Peter une réponse à sa demande. Il serait là d'ici peu. Entre-temps, elle ordonna à sa femme de chambre de faire ses bagages pour un voyage et demanda à son majordome de prévenir les écuries de préparer son carrosse.

Quand Peter se présenta, elle l'accueillit dans le salon

comme la veille. Il lui baisa la main et la regarda avec impatience.

— Je ne veux pas vous bousculer, mais j'attends votre décision avec espoir.

— Je vous ai dit que j'aurais une réponse pour vous aujourd'hui, et j'en ai une.

Elle se tourna vers les sièges et désigna le divan.

— Asseyons-nous.

Elle se plaça devant sa chaise, et il se dirigea vers le divan. Il sembla se rendre compte qu'elle n'allait pas s'asseoir à côté de lui, car il regarda sa chaise, puis le divan, et fronça les sourcils.

Genie s'assit, et il fit de même, s'enfonçant lentement dans le divan. Elle avait répété ce qu'elle voulait dire, mais les mots s'envolèrent de son esprit.

— Mr. Sterling... Peter. J'ai bien peur d'avoir à refuser votre merveilleuse proposition.

Le froncement réapparut et s'intensifia.

— Si elle est merveilleuse, pourquoi la refuser ?

Oh la la ! Allait-il faire des difficultés ? Non, elle lui accorderait le bénéfice du doute. Il serait déçu, bien sûr.

— Parce que j'en aime un autre.

C'était la vérité, et elle ne voyait pas de raison de mentir.

— Ce n'est pas de votre faute, je vous l'assure. S'il n'y avait pas... cette autre personne, je pense que j'aurais accepté votre proposition.

Oui, elle aurait accepté. Cecilia avait raison, elle n'aimait pas être seule.

Il pinça les lèvres, et ses yeux s'assombrirent quand son regard se porta vers la fenêtre. Enfin, il déclara :

— Je vois. Je suis déçu.

— J'en suis désolée.

— Vos lettres étaient pourtant encourageantes, dit-il avec une pointe de réprobation.

Zut, apparemment il allait en effet faire des difficultés. Elle voulait se mettre en route !

— Je pensais que nous pourrions nous entendre, mais j'ai réalisé hier que j'avais d'intenses sentiments pour quelqu'un d'autre. Je vous aurais fait part de cela dans ma prochaine lettre, au lieu de vous inviter à venir, ce que vous avez fait de toute façon.

Elle laissa sa propre réprobation transparaître.

— Oui, et ce fut un long voyage.

— Je suis désolée que vous regrettiez d'être venu.

— Ce n'est pas cela.

Il prit une grande inspiration, puis expira. Ensuite, il donna l'impression de… bouder.

— Je regrette que mon affection ne soit pas réciproque.

Son affection ? Toujours aucune allusion à l'amour. Genie était incroyablement soulagée de ne pas avoir accepté sa demande. Elle reconnaissait qu'il était ridicule de vouloir se marier par amour deux fois, mais elle ne pensait pas pouvoir se marier pour une autre raison. Elle repensa à ce que Lady Clinton avait dit sur ses deux mariages différents – l'un par amour et l'autre par commodité – et comprit qu'elle ne pouvait pas le faire.

— Vous méritez quelqu'un qui vous le rende bien.

Genie se leva, pressée de mettre fin à l'entrevue. Elle ne voyait aucune raison de la prolonger.

Il se mit lentement sur ses pieds.

— Eh bien, je suis stupéfait par votre réponse.

Il la toisa d'un œil plissé.

— Êtes-vous sûre ?

— Je le suis.

— Et si cet individu ne vous aime pas en retour ? Mon offre tiendra toujours.

Oh, il faisait *vraiment* des difficultés !

— C'est très généreux de votre part, mais je ne changerai

pas d'avis, dit-elle d'un ton ferme. J'apprécie que vous ayez fait tout ce chemin, et je suis désolée que les choses soient ainsi.

Elle grimaça intérieurement, parce qu'elle ne l'était pas. Elle l'avait été plus tôt, mais maintenant elle était tout à fait prête à regarder Mr. Sterling lui tourner le dos et s'éloigner.

Il hésita un moment, et dit finalement :

— Bonne journée, Votre Grâce.

— Faites bon voyage, Mr. Sterling.

Genie le regarda se détourner et quitter le salon.

Sans perdre un instant, elle se précipita hors de la pièce. Elle partirait aussi vite que possible. Maintenant qu'elle savait ce qu'elle voulait, elle était pressée de répondre à l'appel de son cœur.

Avec un peu de chance, Edmund ressentait la même chose, même si elle comprendrait que les obstacles entre eux soient trop importants. Elle priait pour qu'ils ne le soient pas, et qu'elle n'ait pas tout gâché à Blickton. Il était tout à fait possible que ce soit le cas. Et elle ne pouvait blâmer qu'elle.

~

*U*n palefrenier courut à la rencontre d'Edmund quand il arriva à cheval devant la porte du magnifique manoir du duc de Kendal, sur son domaine de Lakemoor. Le soleil de l'après-midi, filtrant à travers les nuages, baignait la pierre brune d'une lumière chaude et changeante. Il était reconnaissant pour le beau temps qui avait permis un voyage rapide, surtout qu'il avait effectué les derniers kilomètres en coupant à travers champs.

— Prenez bien soin de lui, s'il vous plaît, dit Edmund au palefrenier. Nous avons chevauché dur.

Il frotta le nez du cheval et lui murmura quelques mots de reconnaissance et d'affection.

Le garçon acquiesça.

— Je le ferai, monsieur.

Edmund se dirigea à grands pas vers la porte, que le majordome maintenait ouverte.

— Le comte de Satterfield pour le duc, dit Edmund en retirant son chapeau et ses gants.

Le majordome prit ses accessoires.

— Je ne pense pas qu'il vous attende, Monseigneur.

— Il ne m'attendait pas. Néanmoins, je suis là maintenant.

— Bien sûr. Suivez-moi.

Le majordome mena Edmund jusqu'à une grande pièce décorée avec goût.

— Si vous voulez bien patienter ici, je vais avertir Sa Grâce de votre arrivée.

L'impatience spiralait dans l'esprit d'Edmund. L'anxiété l'avait poussé à chevaucher très vite, et maintenant qu'il était là, il était désireux de voir Genie, mais aussi inquiet. Elle pouvait toujours l'éconduire.

Il arpenta la pièce, et son regard tomba sur le tableau suspendu au-dessus du manteau de la cheminée. Sa respiration s'arrêta, tout comme ses pieds. Saisie dans sa jeunesse, Genie le regardait, un chaud sourire incurvant sa bouche généreuse. Mais elle n'était pas seule. À son côté, légèrement derrière elle, se tenait son mari. Son regard était fixé sur elle, comme il se devait. L'artiste avait parfaitement capturé l'amour qui s'y trouvait.

Comment Edmund pouvait-il rivaliser avec cela ?

— Bienvenue, Lord Satterfield.

Edmund se détourna du magnifique tableau et vit le jeune duc pénétrer dans la pièce.

— Merci de me recevoir.

Ils s'étaient déjà rencontrés, bien sûr. Edmund s'était volontairement présenté quand Kendal avait pris la place de son père à la Chambre des Lords. Il avait proposé son aide et ses conseils si jamais Kendal en avait besoin. Edmund avait voulu offrir son soutien comme feu le duc l'avait fait pour lui.

Et maintenant Edmund allait voler l'épouse de son ancien mentor. C'était absurde. Il ne pouvait pas voler la femme d'un homme mort. Il regarda de nouveau la peinture et dit silencieusement : *Je l'aime. Je vais prendre soin d'elle. Si elle veut de moi.*

Bien sûr, il n'y eut aucune réponse, juste un homme admirant son aimée à jamais.

— En quoi puis-je vous être utile ? demanda Kendal. Asseyons-nous. Souhaitez-vous un rafraîchissement ? Je ne sais pas d'où vous venez, mais mon majordome m'a dit que vous étiez arrivé sur un cheval qui semblait avoir fait du chemin.

— En effet, j'étais près de Lancaster. Je voulais arriver avant la nuit.

Kendal sourit.

— Vous avez réussi, et avec de l'avance.

Il prit une des chaises et fit signe à Edmund de s'asseoir.

Mais Edmund n'en avait pas envie. Il voulait voir Genie. La seule raison qui l'avait empêché de se rendre directement au manoir de la douairière était qu'il ne savait pas exactement où le trouver. Et aussi parce qu'il voulait parler à Kendal avant de la voir.

— Excusez-moi de ne pas m'asseoir. De manière un peu embarrassante, je suis assez pressé. Je suis venu voir la duchesse douairière.

— Oh ?

Kendal dut lever la tête pour regarder Edmund.

— Vous connaissez ma belle-mère ?

— Oui. Nous nous trouvions récemment ensemble à Blickton.

— La fameuse réunion de rencontres.

Ses lèvres frémirent comme s'il essayait de ne pas rire.

— Dites-moi, étiez-vous au courant de son but avant de vous y rendre ?

— Oui, je savais.

— Donc vous y êtes allé en espérant trouver une épouse ?

Il plissa brièvement les yeux.

— Ou peut-être autre chose ?

— J'y suis allé dans l'intention de trouver une épouse. J'ai quarante ans et je n'ai pas d'héritier.

— Il est plus que temps, alors.

Kendal hocha la tête.

— Je suppose que j'en arriverai à la même croisée des chemins. Je serai heureux d'attendre encore seize ans.

— Attendez aussi longtemps qu'il le faut, mais suivez mon conseil : ne laissez pas celle que vous désirez vous échapper.

— C'est parler comme un homme qui a fait cette erreur, dit doucement Kendal.

Il se leva.

— Pourquoi êtes-vous venu voir ma belle-mère ?

— Pour faire ma demande. J'espère de tout mon cœur qu'elle acceptera. Je voulais discuter avec vous ; pour obtenir votre soutien, et votre bénédiction si vous êtes enclin à me l'accorder. Et aussi pour vous dire que ce serait un privilège de vous compter parmi les membres de ma famille. Vous êtes la personne la plus importante dans la vie de Genie, donc j'espère que nous pourrons bien nous entendre. Je ne cherche pas à remplacer votre père, bien sûr. Mais j'endosserai avec plaisir le rôle que vous voudrez bien m'attribuer, quel qu'il soit.

Kendal ouvrit la bouche, puis la referma. Il plissa le front. Puis il regarda le tableau de son père avec Genie.

— Il me manque beaucoup. Je n'ai pas été un très bon fils les dernières années avant sa mort. Je l'ai déçu.

— Je ne pense pas. Vous l'exaspériez, du moins, c'était

mon impression. Mais il était toujours extrêmement fier de vous.

Kendal ramena son attention sur Edmund.

— Vous le connaissiez bien ?

Edmund haussa une épaule.

— Assez bien. Nous étions dans plusieurs commissions ensemble à la Chambre, et nous buvions ensemble de temps en temps au club. Comme je vous l'ai dit la première fois que vous avez pris son siège, il m'a guidé quand je suis entré à la Chambre. C'était un homme bon.

— Il l'était, en effet, dit calmement Kendal. Comme vous semblez l'être. Ma belle-mère ressent-elle la même chose pour vous ? Je suppose que vous l'estimez beaucoup, mais elle ?

— Je l'aime au-delà des mots.

Edmund sourit.

— Je ne laisserai pas passer la chance d'en faire mon épouse ; si elle veut de moi.

— Ironiquement, vous n'êtes pas le premier gentilhomme à la demander en mariage aujourd'hui. Non, pas aujourd'hui. Je suppose que Sterling a fait sa demande hier.

Le cœur d'Edmund s'arrêta un instant.

— Sterling est ici ?

— *Était*. Il est parti un peu plus tôt, tout comme ma belle-mère.

Grand Dieu, il était trop tard. Une violente douleur le traversa, volant son souffle. Il regarda par la fenêtre mais il ne voyait rien.

— Je devrais être plus précis, dit Kendal. Elle a éconduit Sterling, et il est parti. Elle a pris la route peu de temps après pour rejoindre l'homme qu'elle préfère.

Edmund cilla. Son regard revint sur Kendal.

— Et qui est-ce ?

— Elle ne l'a pas mentionné, et je ne l'ai pas questionnée.

Toutefois, elle m'a dit qu'elle se rendait dans le Staffordshire. C'est bien là que vous habitez ?

— Oui, mais je n'y suis pas.

C'était une réponse stupide, mais c'est tout ce qu'il avait à offrir. Elle avait éconduit Sterling, malgré ses quatre enfants ! Et elle semblait se rendre chez lui, l'homme qu'elle préférait. Il n'y avait qu'une seule chose à faire, malgré la fatigue. Non, il n'était pas fatigué. Il se sentait soudain chargé d'énergie comme jamais il ne l'avait été de toute sa vie.

— Quand est-elle partie ?

— Il y a quelques heures. Vous pourriez sans doute rattraper le temps perdu à cheval, mais il fera nuit avant que vous la rejoigniez. Je crois qu'elle fera étape à Lancaster.

Edmund faillit rire. Si seulement il n'avait pas quitté le pavillon de chasse ! Mais alors comment aurait-il su la trouver près de Lancaster ?

— J'y serai.

— Vous allez avoir besoin d'un autre cheval, dit Kendal en se dirigeant vers la porte. J'ai justement celui qui vous y emmènera au plus vite.

— Merci.

Kendal s'arrêta à la porte et se tourna pour lui faire face.

— Je serais heureux de vous considérer comme ma famille.

Edmund lui sourit, mais acquiesça simplement en réponse.

— Cependant, c'est à ma belle-mère d'en décider.

Il pivota et sortit de la pièce.

Oui, bien sûr. Edmund le suivit rapidement, impatient d'obtenir une réponse.

CHAPITRE 11

Il commença à pleuvoir au moment où Genie arrivait à La Cloche et le Sifflet à Lancaster. Elle maudit le ciel, puis le supplia d'arrêter. Des routes humides et boueuses allaient ajouter au moins une journée à son voyage. Elle voulait retrouver Edmund *maintenant*.

Et s'il avait décidé de courtiser une des autres femmes de la partie de campagne ? Peut-être même caressait-il désormais l'idée d'épouser Mrs. Makepeace, ou l'amie de Genie, Lettie. Non, Lettie le lui aurait dit. Elle lui avait écrit dernièrement, et n'avait pas fait mention d'Edmund.

Mrs. Makepeace, en revanche, était une vraie possibilité. Ou une autre femme qui aurait été présente à Blickton. Elle ne pouvait pas savoir ce qu'il s'était passé après son départ prématuré. En réalité, elle le savait, puisque Cecilia lui avait écrit. Il n'y avait pas eu d'allusion à Edmund s'associant, ou s'intéressant, à quiconque.

L'estomac de Genie grogna, lui rappelant le temps écoulé depuis qu'elle avait grignoté dans son carrosse. Sa femme de chambre était descendue s'enquérir du souper. Avec un peu de chance, elle pourrait bientôt manger. Et dormir ensuite, puis reprendre la route vers Edmund.

Un coup à la porte de sa chambre la surprit. Pourquoi sa femme de chambre n'entrait-elle pas simplement ?

Genie se dépêcha d'ouvrir la porte, prête à demander :

— Pourquoi...

Les mots restèrent dans sa gorge quand elle reconnut la silhouette, bienvenue mais détrempée, d'Edmund.

— Dieux du ciel, Edmund ! Tu es trempé !

Elle l'attira dans la chambre et le mena jusqu'à la cheminée.

— Bonsoir, Genie. C'est un plaisir de te voir.

Elle entendit l'humour dans sa voix.

— Tu as besoin de te réchauffer.

Elle se figea au moment de l'aider à ôter son manteau. Il ne pouvait y avoir qu'une seule raison à sa présence, n'est-ce pas ?

— Comment as-tu su que j'étais ici ?

Il retira son chapeau et le jeta vers un coin de la pièce. Il était tellement mouillé qu'il n'alla pas bien loin. Ses gants, qu'il avait déjà ôtés de ses mains, suivirent le chapeau. Edmund se débarrassa ensuite de son manteau d'un mouvement d'épaules.

— Comme par hasard, j'ai passé les derniers jours au pavillon de chasse de Rotherham ; c'est juste à côté.

— Oh !

Donc c'était une coïncidence ? Elle prit son manteau humide et s'en fut le pendre à un crochet près de la porte. En se retournant, il vit qu'il s'était assis sur une chaise et retirait ses bottes.

— Ce matin, j'ai chevauché vers Lakemoor. J'y suis arrivé après midi. Malheureusement, tu n'y étais pas.

Son cœur s'accéléra comme elle ramassait ses bottes pour les déposer devant le foyer.

— Pourquoi y es-tu allé ?

Edmund saisit ses mains.

— Tu crois que j'ai besoin d'un héritier, mais pas vraiment. J'en ai un, et je le façonnerai pour qu'il devienne comte.

— Mais…

Il pressa ses doigts.

— Je n'ai pas besoin d'un enfant à moi, pas si cela signifie me passer de toi. J'espère que cela ne dérangera pas Titus d'avoir un beau-père.

La gorge de Genie se serra. Elle n'était pas sûre de pouvoir parler.

— Tu veux de moi telle que je suis ?

— Oui. La question est : veux-tu de moi, alors que je n'ai pas d'enfant ?

— J'ai déjà été mère et épouse. J'ai déjà tout eu et je ne suis pas sûre de mériter un cadeau tel que toi.

Il se leva et caressa sa joue.

— Pourquoi penser cela ? Tout le monde mérite d'être aimé, même une deuxième fois.

Il effleura son menton du pouce.

— Toi particulièrement. Tu as tant perdu.

La douleur incendia sa poitrine un bref instant avant de se transformer en quelque chose de brillant et magnifique.

— J'ai aussi reçu beaucoup. J'ai un beau-fils merveilleux. J'en déduis qu'il t'a dit où me trouver.

— Il a présumé que tu t'arrêterais à Lancaster pour la nuit. Je suis ravi qu'il ait eu raison. Il a dit que tu étais en chemin pour retrouver le gentilhomme que tu préférais, ou quelque chose de la sorte. J'espère ardemment que c'est moi.

Elle acquiesça, se pressant contre lui.

— C'est toi.

Edmund l'entoura de ses bras.

— Il m'a aussi parlé de Sterling. Pauvre homme.

Il secoua la tête avec compassion.

— Tu es vraiment désolé pour lui ?

— Pas le moins du monde. Mon Dieu, Genie, quand je pense que tu aurais pu dire oui…

Il resserra son étreinte.

— Pourquoi ne l'as-tu pas fait ?

Elle noua ses bras autour de son cou.

— Parce que je t'aime. Je me suis mariée une fois par amour, et j'ai découvert que je ne pouvais pas recommencer sans autant d'émotion.

— Tu ne peux pas m'aimer comme tu aimais Jérôme, dit-il, avec peut-être une pointe de tristesse.

Genie prit sa tête entre ses mains.

— Pas de la même manière, mais tout aussi intensément. Tu es certain de ne pas vouloir ton propre enfant ?

— *Tu* es tout ce dont j'ai besoin.

Il la regarda dans les yeux, avec un sourire en coin.

— J'ai été idiot de ne pas te le dire à Blickton. J'ai été idiot deux fois, en fait, je t'ai vue quand j'avais vingt ans et j'ai immédiatement été conquis. Mais j'étais un jeune homme prêt à partir voyager sur le continent, et tu étais la vedette de la Saison. Je ne pensais pas avoir une chance de te séduire.

— Tu n'as même pas essayé ?

Il laissa échapper un petit rire aigu.

— Je t'ai dit que j'étais un idiot. Ensuite, quand tu es arrivée à la partie de campagne, j'ai été submergé de surprise et de joie. C'était comme si le Destin m'avait donné une autre chance. J'aurais dû te dire à ce moment ce que je te dis maintenant, que je t'aime, que je t'ai aimée, que je *t'aimerai* jusqu'à la fin des temps.

Genie ne pouvait plus respirer. Pendant un moment, elle eut l'impression de trahir Jérôme, en aimant cet homme devant elle aussi profondément, bien que différemment, qu'elle l'avait aimé lui.

— Oh, Edmund.

Elle l'embrassa, pressa son corps contre le sien et s'aperçut qu'elle était maintenant humide à cause de ses vêtements mouillés.

En riant, elle se recula.

— Tu es en train de tremper ma robe, dit-elle en riant.

— Alors je vais juste devoir te la retirer.

Il porta les mains à son visage et la maintint gentiment.

— Veux-tu m'épouser, Genie ? J'ai bien conscience que devenir comtesse te fera descendre d'un rang…

— Chut.

Elle posa sa bouche sur la sienne et l'embrassa bruyamment.

— Maintenant, tu deviens bête.

Il sourit contre ses lèvres.

— Peut-être.

Elle avait du mal à croire à leur chance de s'être trouvés.

— Tu peux vraiment m'accepter telle que je suis ?

— Je suis honoré de te prendre exactement telle que tu es. Mais dis-moi juste que je serai suffisant, que tu me donneras une chance de te rendre heureuse.

De manière incroyable, l'amour emplit son cœur, et s'y mêla à celui qu'elle avait toujours pour Jérôme, pour Titus et pour Eliza.

— Tu l'as déjà fait.

ÉPILOGUE

Février 1811, Londres

Genie révisa les noms sur la liste des invités pour son bal annuel d'ouverture de la Saison. De vieux amis, de nouveaux amis, la famille ; c'était le seul événement mondain auquel Titus assistait. Il était devenu solitaire et inaccessible dans les années qui avaient suivi la mort de son père. Pas avec Edmund et elle, bien sûr. Avec eux, il était toujours un fils aimant et la lumière de sa vie.

— Tu réfléchis à tes invités ? demanda Edmund quand il entra dans le petit salon qui communiquait avec leur chambre à coucher.

Il effleura sa tempe d'un baiser.

— Je regarde simplement si une des jeunes femmes à marier attirera l'attention de Titus. C'est ma seule chance pour qu'il rencontre *quelqu'un*.

Edmund s'esclaffa en s'asseyant à table en face d'elle et ramassa le journal.

— Ne le harcèle pas trop. Il pense suivre mes traces. Ce qui signifie qu'il lui reste neuf ans pour trouver son véritable amour.

Genie lança un regard acéré à Edmund.

— Il n'a pas réellement dit cela, n'est-ce pas ?

— Il y a des années, quand je suis allé à Lakemoor demander ta main.

— Mais je n'y étais pas.

Genie se remémora comment il était arrivé à l'auberge de Lancaster, trempé jusqu'aux os.

— Te souviens-tu quand tu m'as trouvée ?

Il lui jeta un petit regard séducteur par-dessus son journal.

— Quelle partie ?

— J'ai dû te réchauffer, si je me souviens bien. Quel terrible sacrifice !

En riant, il posa son journal.

— Cela ne semblait pas te déranger à ce moment-là. Jusqu'à ce que ta servante arrive pour annoncer le souper. Ce fut un rien embarrassant.

— Elle a compris. Après tout, elle est toujours à mon service.

— En effet.

Par association d'idées, penser à sa femme de chambre déclencha une inspiration.

— Je me demande si je ne devrais pas engager une dame de compagnie pour cette Saison.

Edmund reprit son journal, mais ne le lut pas. Il la fixait de ses yeux sombres, un sourcil relevé.

— Pourquoi aurais-tu besoin d'une dame de compagnie, quand tu m'as, moi ?

— Tu détestes faire les boutiques.

— Plus que tout.

Il frissonna.

— Tu fais tes courses avec tes amies.

— Oui, mais ne serait-il pas agréable d'employer une jeune femme, que je pourrais aider à trouver sa place dans le monde ?

Edmund reposa son journal et se leva. Il fit le tour de la table et prit sa main, la faisant pivoter sur sa chaise pour lui faire face avant de s'agenouiller devant elle.

— Mon tendre amour, si tu veux embaucher toute une couvée de jeunes femmes, tu as tout mon soutien. Tu as un don naturel pour materner et dorloter.

Au fil des ans, ils avaient discuté d'adopter un ou deux enfants, mais ne l'avaient jamais fait. Au départ, ils avaient été absorbés l'un par l'autre. Ensuite, ils avaient accueilli des jeunes membres de leur famille ; les enfants de Cecilia et l'héritier présomptif d'Edmund, afin qu'il puisse connaître le domaine dont il hériterait un jour.

Edmund n'avait jamais été ennuyé de ne pas avoir d'enfant à lui, ce que Genie avait du mal à comprendre mais qu'elle appréciait. Ils s'étaient bâti une vie agréable et leur mariage était merveilleux.

— Cela ne te dérange pas ? demanda-t-elle, revenant à la dame de compagnie qu'elle souhaitait engager.

— Non. Mais...

Il hésita brièvement avant de continuer :

— Si quelque chose manquait dans notre mariage, tu me le dirais, n'est-ce pas ?

Elle promena sa paume le long de sa mâchoire.

— Bien sûr, je te le dirais. Il ne manque absolument *rien* à notre mariage. Je déborde de joie, de bonheur et d'amour.

Elle se pencha en avant pour l'embrasser.

— Quand tu as mentionné notre nuit à Lancaster, mon cerveau s'est dérouté, et maintenant je suis submergé par la pensée de te satisfaire plus... physiquement.

Il se releva et la tira de sa chaise.

Genie émit un profond rire de gorge.

— Nous venons juste de sortir du lit.

— Et alors ?

Il l'entoura de ses bras et promena ses lèvres sur sa gorge. Elle rejeta la tête en arrière pour lui faciliter la tâche.

— Cela nous a-t-il déjà arrêtés ?

— Jamais.

Elle saisit sa nuque et amena sa bouche vers la sienne pour un baiser sauvage.

Il recula.

— Hum. J'ai un rendez-vous dans peu de temps. Nous devrions peut-être attendre.

Elle enfonça ses doigts dans sa tête.

— Edmund, si tu m'abandonnes maintenant, je ne te le pardonnerai jamais. Faisons vite.

Elle lui adressa un sourire éhonté, et le traîna jusqu'à leur chambre à coucher.

— Tu n'as qu'à remonter mes jupes, et nous pourrons commencer.

Il la ramena contre lui quand ils franchirent le seuil.

— T'ai-je dit dernièrement à quel point je suis reconnaissant que ta cousine t'ait invitée à cette partie de campagne ?

— Pas depuis quelque temps, mais comme tu lui envoies un cadeau chaque année à la date anniversaire, tu t'es bien fait comprendre.

— Tant que tu comprends à quel point je t'aime.

Elle posa sa bouche près de la sienne et chuchota :

— Pas plus que je t'aime, moi.

**Vous voulez savoir ce qui arrive à Titus au bal de sa belle-mère et pourquoi il vit en reclus ?
Lisez L'inaccessible Duc.**

Merci beaucoup d'avoir lu *Le Comte sans héritier*. J'espère que vous l'avez apprécié ! Ne manquez pas la suite de la série LES INSAISISSABLES, en commençant par **L'inaccessible Duc!**

Si vous voulez savoir quand mon prochain livre sera disponible et être averti des ventes spéciales, inscrivez-vous à ma newsletter en anglais sur https://www.darcyburke.com/join et suivez-moi sur les réseaux sociaux :

Facebook: https://facebook.com/DarcyBurkeFans
Twitter @darcyburke
Instagram darcyburkeauthor

J'espère que vous accepterez de laisser un avis sur le site de votre boutique en ligne ou de votre réseau préféré ! J'aime tellement mes lecteurs. Merci, merci, *merci*.
xoxo,
Darcy

À PROPOS DE L'AUTEURE

Darcy Burke est l'auteure à succès USA Today de romance sexy, sentimentale historique et contemporaine. Darcy a écrit son premier livre à 11 ans, une fin heureuse entre un cygne accro à la magie et une femelle cygne qui l'aimait, avec des illustrations extrêmement pauvres.

Native de l'Oregon, Darcy vit en bordure des vignes avec son mari guitariste, une fille artiste d'un incroyable talent, et un fils débordant d'imagination qui écrira sans doute un jour mieux qu'elle (et peut-être dès demain). Ils forment une famille-à-chats un peu folle, avec deux bengals, un petit chat en quête de notoriété qui porte le nom d'un fruit, un vieux maine-coon rescapé plutôt arrogant, et une collection de chats du voisinage qui trainent sur la terrasse et entrent quelquefois. Vous trouverez Darcy au chai, dans son confortable fauteuil d'écrivain avec son portable et un ou trois chats sur les genoux, en train de plier son linge (ce qu'elle adore), ou encore devant le télévision avec sa famille. Ses havres de bonheur sont Disneyland, le week-end du Labor Day au Gorge, Le Danemark et partout au Royaume-Uni – tant que sa famille y est aussi. Retrouvez Darcy en ligne à https://www.darcyburke.com et suivez-la sur ses réseaux sociaux.